いつか憧れたキャラクターは現在使われておりません。

詠井晴佳　イラスト／萩森じあ

Contents

いつか憧れたキャラクターは
現在使われておりません。

0

学校が人体なら、きっとここは腎臓だろう。

身体中の悪いものを一手に押し込めて、それから、排出する準備をしてやがるのだ。

無人のカウンターの上、たまご型の加湿器がプシューと音を立てている。毒々しいほどの清潔をちりばめた保健室に、水蒸気と間の抜けた音が溶けて消えていく。

「んじゃ、ちょいと拝借しますよっと」

まあ、俺としては何でもよかった。病人の巣窟《そうくつ》だろうが不良の最終処分場だろうが、快適に学校生活をサボれるならどこでもよかった。

三つ並んだ白いベッド。先客なのか、窓際のひとつだけは遮光カーテンが閉まっている。だから、俺は真ん中のベッドに迷わず飛び込み、目を閉じた。

と、全く同時だったと思う。

——表彰状を破ったガマガエル！　腹の中　虎の威を借る人間が……。

そんな、大音量の音楽が聞こえた。

真隣、至近距離から。

音質的に、スマホのスピーカーだろう。きっと誰かがドジをやらかしてイヤホンが抜けたに違いない。でも、そんなことはどうでもいい。もっとほかに、俺を昂《たかぶ》らせたことがあった。

その曲は——恐らく学年で自分しか知らないだろうと思っていたアーティストのものだった。ミーハーな中学生に反し、業界を積極的に掘らないとたどり着かないような音楽だったのだ。

ふわっと、身体が熱くなった。

次の瞬間には立ち上がって、隣のベッドのカーテンに手をかけていた。

「………え？」

露《あら》わになったベッドの上に、その日、俺は「初めて」を見た。

まっさらなシーツの上で体育座りした女子が、リプトンミルクティーのストローに口をつけたまま、不思議そうにこちらを見ている。

真っ白な肌。グロスで光る唇。前髪ぱっつんの胸まで伸びた黒髪。もこもことした素材のぶかぶかなカーディガン。極限までたたまれた、短すぎる制服のスカート。

微《かす》かに憂いの膜が張った、つぶらで強調された両目。

不思議な、感じがした。

普通の女の子には見えなかったけど、なぜか不良という感じもしなかった。

「あの、何？」

「は？」

「いや、いきなり他人のカーテン開けて無言はないでしょ」

澄んだ冬の朝みたいな声をしていた。でも、不思議と冷たさは感じなかった。突き放すような響きもなかった。だから——あの日の俺は、いつもより少し調子に乗ったんだと思う。

「ごせんーさーんーびゃーくのーあーさを、まるめーてーくーじーばーこーのーなーかに」

目の前で、朗々と、アカペラで歌い上げてやった。

さっき響き渡った曲の続き、サビのワンフレーズを。

何十秒にもわたるというのに、女の子は目を丸くして、黙って俺のリサイタルを聞いてくれた。それから、視線を外して、もごもごと尋ねてきた。

「……好きなの？　振子《ふりこ》。……振子職人《しきと》」

「ああ、超好き。お前は？」

「……好き。にわかの君より三十倍くらい、ちゃんと好き」

俺のことなんて何一つ知らないくせに、彼女は勝気にそう答えた。その返答が、その間が、なぜだか妙に心地よくて……だから気に入った。

「なあ、なんでここ居んの？　体調悪いのか？」

「スクールライフ不適合者だから。君は？」

「まあ、似たような感じだな。中学生不適合者的な」

質問返しに俺がそう答えると、彼女は小さく首を傾げて、それから不服そうに俺を見た。

「でも、君は普通に友達いるじゃん」

「は？」

「廊下とかでよく見る。君とダサい顔の奴らが、わちゃわちゃしてるとこ」

はあ、と俺は心の中でため息を吐いた。何もわかっちゃいない。

周りに人が何人いようが、ズレた奴は一生ズレたままで、それっきり治ることはないのだ。

俺は一つ息を吸うと、女の子の目を見て、諭すように吐いた。

「あのな。振子聴いてるような奴がうちの同級生と友達やれるなんて、お前本気で思ってんのか？」

彼女は初め、真顔で俺の言説を聞いていた。

少し間が開いて。それから、その顔はうっすらと紅くなり始めて。

挙句の果てに——彼女は心底嬉《うれ》しそうに吹き出した。

「ぜったい無理」

意地の悪い笑みでケラケラ笑い転げながら、彼女は手うちわで熱くなった自分の顔をパタパタと扇《あお》いでいた。そんな姿さえ絵になる、不思議な人だった。

それは、妙に日差しが眩《まぶ》しく感じられる十月の午後だった。

窓越しのグラウンド。外からは同級生たちのはしゃぐ声が漏《も》れ聞こえていて、それ以外の音は何もなかった。

あれから五年。
彼女は響來《ゆら》となり、境童話《さかいどうわ》となった。
俺は今もきっと、あの日と同じ場所で足踏みを続けている。

Chapter 1

保健室の窓、タワーマンションの空

つまるところ、居場所だ。

笑わせてくれるのも、悩みを解決してくれるのも、自分を何者たらしめてくれるのも、人生大概のライフハックは居場所で解決する。自分の居場所は何よりも大切にしなければいけない。だからこそ、俺は親愛なる居場所に向けて、わざとらしく頭を下げた。

「悪い、バイト入ったから行くわ。今度絶対埋め合わせする」

そう宣言すると同時に、俺は机上に並べられたダイヤとスペードの4に、9のペアを重ねて華麗に上がった。これで俺の二連勝、超勝ち逃げだ。

「おいぃーまたナオかよ……今月マジで金尽きるってー！」

「で、バイトってまた例のパン屋さん？　大変だねえ」

海《うみ》と佑真《ゆうま》は敗北に苦い顔をしながら、俺に憎まれ口をたたく。

専門学校の空き教室。五十人は入りそうな部屋の隅に三人ぽっちで開催された恒例の大富豪大会は、俺の大勝ちで終わった。忘れないうちに、俺は海と佑真の五百円玉を回収して——。

「っと待て！　まだ終わっちゃねえだろ。今度こそダブルアップ、やるか？」

そう聞かれて思い出した。そう、この大会にはダブルアップ制度があったのだ。この更なる賭けに勝てば、親愛なる給料日前の友人たちから倍の金額をぶんどれる。

悪くない話だが——二人分の期待の眼差しに顔を背け、俺は首を振った。

「自分にしろ他人にしろ、誰かに期待する奴は馬鹿を見るってのがギャンブルの定石でな」

ついでに、人生の定石と言っても過言じゃない。

ついでに、俺は自分のトートバッグをガサゴソ漁《あさ》って「それ」を佑真にお見舞いしてやった。

不貞腐《ふてくさ》れる海に両手を合わせたごめんねポーズを贈ってやる。

「んだよーノリわりぃ」

「……な、いきなり、なに」

「はぴば。どうせロクに祝ってくれる彼女の一人もいねーだろうから」

パーン、と弾けたクラッカーの音は教室中に響き渡り、あらゆる大小色とりどりのキラキラテープが佑真をパーティーピーポーみたく染め上げた。

「……ボク、誕生日ナオに言ったっけ?」

「友達の誕生日くらい言われんでも把握しとるわい」

「惚《ほ》れちゃうなぁー」

「いいなー佑真。俺、女子だったらナオみたいな奴と付き合いたい。なんなら後輩になりたい」

そんな黄色い歓声を浴びながら俺が帰ろうとすると、すんでの所で佑真に呼び止められる。

「……なんだよ」

「ほら、お返し。これは布教用だから返さなくていいよ」

その時、きっと佑真は何気なく、その写真集を俺にくれたのだろう。

けれど。その表紙を見た瞬間、無条件に、俺の胸には一摑みの砂が積もった。

それは——二か月前に発売された境童話《さかいどうわ》のファースト写真集だった。

佑真《ゆうま》は一度深く息を吸い込み、それから彼に似合わぬ明朗快活な声で宣言した。

「無気力なのに達観してる。ボーっとしてる顔すら天使。我ら非モテの心の恋人、境童話ちゃんをどうかよろしくお願いします」

「……いや、知ってるっつの。まあまあ有名人だし」

＊

五時間ほど甘ったるいパンを売りさばいて、さっさと帰路に就く。

鼻歌を歌いながらアパートの階段を上がると、見慣れた顔の坊主が俺の部屋のドアの前で待ち伏せていた。遠目にも、何やら難しい顔で唸《うな》っているのが分かる。

「よー坊主、何か用か？」

一人暮らし、六畳のワンルーム。当然俺には子供なんていない。

今こちらを振り向いた坊主頭のちびっ子は、同じ階に住んでいる小学生だ。基本一人用のアパートにどんな事情があって住んでいるのかは知らないが、仕方がないから気が向いた時には一緒に遊んでやる。子供と一緒に子供の遊びをする時間というのも、実はなかなか楽しい。

部屋の前までたどり着くと、坊主はこちらを見上げ、最高に突飛な疑問を吐いてきた。

「兄ちゃん、アニメの女の子飼ってる？」

「……は？」

聞き間違いか？

「ねえ、兄ちゃん、アニメの女の子飼ってる？」

「…………いや、ちゃんと聞こえてるから二度は言わんでいい」

まともに考えたら頭が混乱しそうだから、俺は坊主に目線の高さを合わせて、優しく尋ねた。

「何の話か知らんが、どうしてそう思うんだ？」

「ずっと兄ちゃんのドアのとこで待ってたよ。きっと部屋のカギ忘れちゃったんだよ！」

一瞬で思考を放棄した。やっぱ子供の言うことは分からん。

俺は敬礼して解散を告げる。坊主も笑顔で敬礼を返し、それから自分の部屋に帰っていった。

ともかく、部屋に入る。坊主の情報の手前、多少警戒はしてみたものの、いたっていつもどおりの部屋だ。室内を見回しても、これといって変なところもない。まあいいや。

俺は少しうつらうつらして、それから、部屋の片付けを始めた。

一か月も放置すれば一人暮らしの部屋なんてゴミ屋敷も同然だ。床に散乱したコンビニ弁当の袋やらアコギやら教科書やらセンスの欠片《かけら》もない文字列が書きつけられたルーズリーフやらを片っ端から整頓し、ものの三十分程度で、俺は本来の居住スペースを取り戻す。

それから、帰りにコンビニで買ってきたハイボールのロング缶と硬めのポテチを机上に放り出し、本日の些細《ささい》な宴を始めた。テレビは大して面白い番組もやっていないけれど、別にいい。

「――はぁ」

専門に入って、周りに合わせてアルコールを飲み始めた時は多少の罪悪感や背徳感もあったものだが、今はそれらもすっかり薄れてしまった。

心地のいい熱に包まれて、頭がほぐれて。だから、ついノスタルジックな気分になった。

「……ごせんーさーんーびゃーくのーあーさをー」

俺は、今の自分が好きではない。すべてはでっち上げたハリボテのキャラな気がして、いつまでも好きになれない。でも。それでも。

本当、十九歳の俺はよくやっていると思う。仲間に囲まれて、それなりに笑顔で。

本当、あの頃からは想像もつかない。自分がこんなにも健全に生きられているなんて。

本当、あの頃は考えもしなかった。自分がこんなにも器用にやれる人間だったなんて。

だからこそ。それなりに楽しくやれているからこそ、たった一つの棘《とげ》が必要以上に痛む。

あの日から抜けないままの棘が、ＴＶやネットや街頭広告や誰かのリツイートや、そういうあらゆる場面で彼女に触れる度に、鈍い痛みを放って、俺を十五歳の地に引き戻す。

……自業自得だ。今更、守れもしない約束なのだ。

『どーわでーす。いえい。』

ＴＶの番組はいつの間にか移り変わっていた。司会らしき大御所芸人の紹介の後で、部屋にはそんな気力の感じられないふわふわ声が響く。

無性にイラついた。……でも、やっぱり、今日もチャンネルは変えられない。

童話《どうわ》ちゃん、今えらい人気らしいやんなぁ！　という司会の当たり障りのない話題振りに、彼女は小首を傾げて「ですかね？」と呆けて見せた。

あいつはああ言ってんねんけど童話ちゃんはどうや？　というキラーパスに対して、彼女は「いんじゃないですかね？」と可愛げのある無気力さで、さも興味なさげにあしらって見せる。

適当やなぁ！　とすぐさまツッコミが入り、会場は温かな笑いに包まれる。

それでも、真剣なコメントが求められる場面——遠距離恋愛中の視聴者からのお悩み相談VTRの後には、彼女は「むしろ二人の愛が本物かどうか証明できるいい機会なんじゃないですかね？　それで気持ちが続くなら簡単には出会えない運命の相手って気がしますしー」とぽけーっとしたトーンで達観したコメントを残した。会場の女性陣から感嘆の声が漏《も》れる。

……そりゃあ、タレントとして使いやすいわな。

ゆるくウェーブのかかったショートボブに、いかにも平和な人間みたいな品のある笑み。

あの頃とは随分かけ離れた姿の彼女が、画面の向こうから俺に微笑《ほほえ》みかけた気がした。

思わずため息が漏れる。その欠点のなさに。その輝きの強さに。

それでも、今もなお、この胸に刺さった棘が痛む理由は。

彼女が、少しも幸せそうに見えないからだろう。

ちゃんと目は笑っている。微笑《ほほえ》みはどこまでもナチュラルだ。順調に仕事も増えている。

だから、この感覚はきっと一般人には伝わらない。彼女の誰よりもそばで一年間を過ごした俺だからこそ感じてしまう、微《かす》かなずれ。違和感。きっとそういう類いのものだ。

根拠がない。故に、自分自身に対してだけは絶大な説得力がある。

だから、思わず自分勝手な罪悪感も感じてしまう。

——他でもない俺が、彼女を笑顔で次の世界に送り出したのだ。

あの時の選択は、本当に正しかったのだろうか?

……結局、彼女とは四年間一度も連絡を取っていない。

今更だ。一般人の自分にできることなんて何もない。ついでに合わせる顔もない。

第一、彼女が望んで摑んだ場所だ。ならば、その栄光も痛みもすべて彼女だけのものであるべきだ。他人が無神経に踏み入っていい場所じゃない。人間、自分の裁量はぴったり自分自身の幅にしかないのだから。

画面に映る彼女の顔。その輪郭を、人差し指でなぞってみた。でも、分かるのは自分のどうしようもなさと、もう二度と彼女に触れられないということだけだった。あの日、彼女との出会いは、俺にとっての初期衝動だった。俺の世界を作ってくれた神様だった。

今はもう、すべて失ってしまったけれど。

『童話《どうわ》ちゃんは今年ハタチやけど、お酒とか飲んでみたかったりする?』『ないですねー』『ほならー、好きな飲み物とかはないん?』『水ですねー、水ばっか飲んでます』……。

「……いや、リプトンのミルクティーだろうが」

司会の声が脳にガンガン響く。俺は勢いづいて、TVの電源を落とした。大して飲んだわけでもないのに、今日は変な気分になってるな。早く寝た方が身のためだ。

俺は缶底に残っていたハイボールをぐいっと一気に飲み干すと、部屋中の電気を投げやりに消して、ひょいとベッドに飛び込んだ。

……あんまり良い日じゃなかった。せめて、いい夢が見たい。

そんな些細《ささい》な願い事をしながら、俺は睡魔の手に身を委ねた。


が、そんな些細な願いすら神様は聞いてくれないらしい。

不意に、目覚めてしまった。普段、夜中のうちに目覚めることなんてまずないのに。

アルコールでぼやけた頭で、ぼやけた眼をこする。

……違和感。何か、部屋に違和感が、ある。確実に、普段と違う何かが、あった。

…………明るい? 消灯して真っ暗なはずの部屋が、うすぼんやりと、明るい。

瞬間、恐怖と緊張に身体が強張《こわば》った。誰かが、侵入者がいるのだろうか。

強引に恐怖を押し込める。俺は、首を自分の正面に回す――――。

「………………あ、…………え?」

光の塊が、寝そべった俺の足元に立っていた。光で構成された人間が、俺を見下ろしていた。

……声も出ない。息が、できない。

「堕落しやがって」

冷たくて、透明で、あらゆる虚飾を糾弾するような声だった。

それでいて、ひどく耳馴染《なじ》みのある声。

「パパもママも、二人して堕落しやがって」

見たまま、少女だった。コップ一杯の水に水色の絵の具を一滴垂らしたような、淡い薄水色のショートボブ。白地に細い金色の線で銀河や惑星が描かれたオーバーサイズのポンチョ。吸い込まれそうな、感情の感じられない瞳《ひとみ》。腰にはなぜか日本刀を帯刀している。

まるで、空間投影された3Dモデルのキャラクターみたいだった。

バーチャルな次元に存在するキャラクターが現実でライブをする時の、あの感じに近い。

問題なのは、ここが高性能な技術を兼ね備えた特設のライブ会場ではなくて、専門学生が一人で暮らすどうしようもない六畳間だということだ。……というか、第一光源がない。

むしろ、光源は少女のほうだった。彼女は自ら淡く光を放ち、部屋を青白く照らしている。

目的も、意味も、根拠も、なにもかもが分からない。分からないから、怖い。

「お前……誰だ」

何とか、声を絞り出した。少女はその無感情な視線で、俺の両目を貫く。

「本気で言っているの？　知らないなんて言わせない」

「…………………ああ。……そうだな」

そうだ。本当は、俺はこいつのことを良く知っている。ただ少しの間、目の前で起きている非現実から目を背けていたかっただけなのだ。

俺は、このキャラクターのことを誰よりも知っている。あの頃の俺が大切に抱きしめていたもの。あの日、彼女のいない人生を生きていくために置いていったもののすべて。その結晶。

「響來《ゆら》、今更何の用だ」

「ママに会わせて」

……これは夢だ。悪夢だ。震え混じりの彼女の声から逃れるように、俺はそう判断した。勢い良く毛布を被《かぶ》って目を閉じた。不思議と、それからは数分で眠りにつけた。


「パパ、朝」

「もうちょい寝かしてくれーい、……れーい？」

「堕落しやがって」

四年前、何度も繰り返し聞いたあの声質。でも、あの頃のあいつには出せないような、鋭利な冷たい声で、俺は背筋の寒気とともに飛び起きる羽目になった。

無地のカーテン。シックな木目調のベッド。朝の柔らかな陽ざし。

そんないつもどおりの風景に、彼女は我が物顔で溶け込んでいた。

「パパ、ママに会わせて」

いつも食事を取るためのローテーブルの上に、響來《ゆら》はちょこんと座っている。

……夢じゃないならなんなんだ？　俺の頭がおかしくなったのか？

恐怖でいますぐ自室から逃げ出したい気分だった。

ともかく、俺は急いでベッドから這い出ると、響來の腰掛けるテーブルに少しだけ近づく。

夜中と違ってもう明るいのに、依然として彼女の存在感は変わらないままだ。仕組みも経緯も意味も全くもって意味不明。だから、俺は手始めに、浮かんだ素朴な疑問から投げかけた。

「なあ……お前、なんで俺のこと、パパって呼ぶんだ？」

当然でしょ、といった顔で、響來は白と金の煌《きら》びやかなポンチョをはためかせる。

「だって、パパがわたしを設計したんだから」

彼女は僅かに揺らぎを含んだ声で言った。でも、言い方が大げさだ。

設計なんてしていない。俺がしたのはただ、「響來」の初期設定、つまり原案だけだ。

そこまで考えて、俺はあるもう一つの可能性に行き当たった。彼女の言う「パパ」が、彼女の原案を考えた俺だというのなら――。

「なあ。俺がパパなら、お前の言うママって誰だ？　……もしかして、お前を演じてた奴か？」

俺がそう口に出した瞬間。初めて、響來がフードの隅で微笑を覗かせた。寒気がする。

「話が早くて助かるわ。わたしを、ママに会わせて」

「……無理だよ」

「どうして？」

「あいつ……明澄《あけすみ》とは、もう四年以上連絡取ってないんだわ」

「今から取ればいいじゃない」

宥《なだ》めも聞かず、響來は立ち上がり、ぐいぐい距離を詰めてくる。飛びのこうとして、身体が動かなかった。鼻先が触れそうなほどの近さ。……というか、実際に触れていた。でも、触れていなかった。感触がない。質量を持たない光の塊は、俺の身体の一部を完全に透過していた。

「お前…………マジで、人間じゃないんだな」

「話を逸《そ》らさないで。今から連絡取ればいいじゃない。どうしてそれができないの？」

「……いろいろとあんだよ。複雑で繊細な事情ってのが――」

そう言い切る前に、俺はまるまる息を呑み込んだ。……呼吸が止まる。

素早く腰に手を回し、響來は帯刀した日本刀を抜いて俺の眼前に突きつけたのだ。

「いくじなし」

その間、僅か一秒。本当に殺されるんじゃないかと思うほどの迫力が、そこにはあった。

＊

響來《ゆら》。

四年前から二年弱にわたり、狭い界隈を超えて業界を席巻したバーチャルシンガーだ。

Youtubeチャンネル登録者数、１９９万人。チャンネル総再生回数、９億回以上。

生身の人間でこそないが、モーションキャプチャー等を技術によってリアルタイムに現実でライブを行ったり、ＴＶ番組に立体映像として生出演したりと、活動はインターネット上だけに留まらなかった。メインのファン層は十代の男女。不安定にすら聴こえる震えを孕《はら》み張りつめた彼女の歌声と、プロジェクト開始当初から掲げられた真っすぐで痛々しいコンセプトが少年少女の心を摑んだのだろう。それこそ、カルト的な人気があった。

——目を逸《そ》らすな、気高くあれ——。

——葛藤《かっとう》を放棄するな。折り合いをつけるな。美しさを求め続けろ——。

……まあ、諸事情あって、これら諸々の設定を考えたのは俺だ。

俺は最後まで、キャラクターの設定を最初に考えただけの傍観者だったけど。

原案が俺で、いわゆる「中の人」を務め上げたのが彼女で。

膨らむところまで膨らんだプロジェクトは二年前、突然打ち切られた。はずなんだが。

「パパ、いい加減にして」

「いい加減にすんのはどっちだアホ。早いとこお里に帰れ」

中の人もいないのに勝手に動き回るキャラクターの亡霊は、一週間経っても、俺の元から一向に去ってはくれなかった。というか、ますます粘着が酷くなってないか？

初めのうちは、二日もすれば消える幻覚みたいなものだろうと笑っていたけれど、流石《さすが》にそろそろ楽観視もできなくなり始めている。具体的には、生活に支障が出始めている。

買い物に行くにも、酒を飲むにも、気分転換にランニングするにも、この一週間響來は俺の後ろについて回った。（学校は流石にまずいから、彼女に頭を下げて許してもらった）

どこに行く時も、響來は「ママに会わせろ」の一点張り。どうして会いたいのかと問えば、彼女は「ママと一緒にご飯が食べたいの。たくさんいろんなお話をして、堕落したママを改心させてあげたい」と零《こぼ》した。その声音には棘《とげ》がなく、むしろ温かみすらあった。

うすうす、気付き始めている。こいつは何をしでかすか分からないし、何を考えているかも分からないし、何を企んでいるかも分からない。

でも、どうやら、本質的には人畜無害なようだ。頭を下げれば専門に一人で行かせてもらえるあたりがいい証拠だろう。

「おーい、勝手に行くなってば」

今は、数日分のカレーの材料を仕入れるために近所のスーパーに来ていて、ついでに響來に粘着されている。何かを見つけたのか、響來は俺の制止も聞かず、薄水色の髪をゆらゆら揺らして肉売り場の棚へ駆けて行ってしまった。

「……って、おい！　こっち戻ってこい」

ぼーっとその姿を眺めていたから、今度は響來《ゆら》を近くで訝《いぶか》しげに眺める主婦の存在を見落としていた。俺が声をかけて手招く合図を送ると、響來は不服そうにこちらへ戻ってくる。

「お前が見えんの、子供だけじゃないんだな」

一週間過ごしてみて、いくつか分かったことがある。

まず、どうやらこいつは俺だけに見える存在ではないし、かと言って全員に見える存在でもないらしい。むしろ、八割方の人間には見えていなさそうだ。

そして、もう一つ。傾向として、響來の存在に何らかのリアクションをよこすのは学生が圧倒的に多い。例えば昨日アパートの近くで中学生くらいの男と母親の親子とすれ違った時、息子のほうは「異質」な存在の響來に対して明らかに目を奪われていたが、母親のほうはむしろ息子のおかしな反応のほうを訝しんでいた。

「わたしを望んでいる人にだけ、わたしは見えるの」

響來はあきれ果てた俺の瞳《ひとみ》をじっと見つめ、澄み渡った声で主張する。

「お前に会いたいとか望んだ覚え、俺には一度もないけど？」

「無意識のうちに望んでいたのよ」

「調子に乗るなよ小娘」

本当に、お前に付きまとわれてからどれだけ大変な思いしてると思ってんだ。

外出するたびに、俺は「何やら凄《すさ》まじい技術力で空間投影された美少女キャラを連れ歩くヤバい不審者」として見られるリスクを背負いながら生活する羽目になるのだ。

おかげで、無暗《むやみ》に外出する機会も減った。それに、何より。

響來の声は、十五歳の頃のあいつ……明澄《あけすみ》の声にそっくりだった。似ているなんてもんじゃない。同じだ。俺が四年間見ないふりを続けてきたあいつと、同じだった。

俺が四年間かけてやっと手放した気持ちを、むやみやたらに弄ばれている感覚。

日が経つごとに、その声は、俺の頭をチクチクと刺激してかき乱した。俺の罪悪感を増幅させた。……流石《さすが》に、いい加減、限界だ。もう耐えられない。

「なあ、響來。一度だけママに会えたら、それで満足してくれるか？」

だからこれは、ちょっとした決意表明だ。

俺は響來に向き直り、その吸い込まれそうな瞳を真剣に見つめる。

一瞬、彼女はこちらの言い分が理解できないみたいに、ぽかんとした顔をした。

でも――遅れて、徐々にその無愛想な口角が上がっていく。

「するわ！」

「……お前、そんな顔もできんのな」

響來は、満面の笑みだ。両の瞳が三日月状に細まっている。どこまでも無垢で、なんとも幸せそうな表情だった。一瞬、本物の少女だと錯覚してしまうくらいに。

「言っとくが、あんまり期待しないでくれよ」

別に、彼女の抵抗に屈したわけじゃない。ただ。なんとなく、ここなのかなと思ったのだ。

きっと……ずっと心のどこかで、彼女に連絡を取るタイミングを探していた。

ずっと刺さったままの罪悪感を、少しでも軽くして、楽になれるような機会を探していた。

ＬＩＮＥを開いて、アカウント内の友達検索をかける。

すぐに、〈明澄《あけすみ》俐《り》乃《の》〉と表示された一つのアカウントが引っかかった。一応アカウント自体は消されていないことになるが、このアカウントがちゃんと生きているのかはまた別問題だ。

何でもないことのように、流れるような作業で。

……そう思っていたのに、手が、震えた。胸の奥に、いやな熱が宿った。

一度、柄にもなく深呼吸をして、文面を紡ぐ。

≫久しぶり

≫実は先週から、響來《ゆら》に付きまとわれてる

Ｉ

保健室で天井を見上げていたあの頃、時間なんて文字どおり無限にあるように思えた。

そんな無数の瞬間の束から、いくつかをかい摘まんで話をする。

＊

明澄俐乃、という名前らしい黒髪ぱっつんの彼女は、いつでも保健室で紙パックのミルクティーを啜《すす》っていた。俺が教室の空気に耐え兼ねてここに来るたび、毎回だ。おかげで俺たちは毎週顔を合わせる羽目になり、その度に暇つぶしがてら好きなアーティストや作家の話をする羽目になり、その何倍も嫌いなものや嫌いな人間の話をする羽目になり――いつの間にか俺は、暇さえあれば保健室を訪れる羽目になっていた。

俺のフルネームは七曲《ななまがり》成央《なお》。そんな名前から、彼女は三文字を抜粋して俺のことを「マガリ」と読んだ。「ナオ」という名前は呼び名としてこれ以上ないくらいに呼びやすい名前だから、普段はほとんどの人間からそう呼ばれる俺にとって、「マガリ」は新鮮な響きだった。

「どうして、マガリなんだ?」

「君のまわりのダサい奴、だいたいナオって呼ぶから。だから、私はマガリ」

若葉色の遮光カーテンがぐるりと囲むベッドの上。明澄は隠し事でも囁《ささや》くみたいに、そう言った。実に彼女らしいと思った。そして事実、彼女はあらゆる物事に対してそんな感じだった。

「私のげた箱、植物園だから」

たとえば、ある日の昼前。保健室で映画鑑賞会を終えた俺たちは、四限目が終わる前にさっさと早退してしまうことを決めた。足音がやけに硬く響く無人の昇降口。俺がげた箱からスニーカーを取り出していると、明澄《あけすみ》はなぜか自分のリュック（白いネコのキャラクターを模したモコモコのやつ）の中から自らの靴を取り出したのが見えた。

「お前……靴、なんで自分のリュックにしまってんだ？」

「だから。私のげた箱、植物園なの」

「意味わからん」

見た方が早いよ、と明澄は俺を誘導し、自らのげた箱を開いて見せた。

……彼女のげた箱の中には、小さな多肉植物の鉢がいくつも押し込められていた。

微《かす》かに、漂う悪意の臭いが鼻を突いた。

「誰がやったのか知らないけど、センスないよね」

「……お前、大丈夫か？」

「なにが？」

「……いや、なんでもねえ。今のナシ」

目を逸《そ》らしてしまった。客観的に、明澄はたぶん、この学校に居場所を失くしていた。

でも、そんなこと微塵《みじん》も感じさせないくらい、彼女は堂々として華やかで。

今までは勝気な印象だった。でも、本当の明澄は頑張って強くあろうとしている、一人の同い年の女の子なのかもしれない、という当たり前のことに気付いたのも丁度この時だった。

人生で初めての気持ちだった。目の前で起きているのは間違いなく悲しいことなのに、俺は自分の中に、この子を守ってあげられるのは俺なのかもしれないという、後ろめたくて甘い感情が宿るのを感じていた。

それが褒《ほ》められたものではないことも、どこかで分かっていた。

次に、明澄と出会って一か月が過ぎた頃の放課後。

いつものように俺が保健室を訪れると、あろうことか明澄は生真面目な顔で社会の教科書とにらめっこしていた。彼女に独特なオーラを与えているいつもの憂いある瞳《ひとみ》も、その日に至っては、ただの熱心なガリ勉の目でしかなかった。

「あ、週四は教室にいない不良少女が死ぬ気でテスト勉強してる」

からかうように声をかけると、ようやくこちらの存在に気づいた明澄は露骨にムッとした目を俺に向け、芯のある声で言った。

「だって負けたくないじゃん」

「誰に」

「全員。これ、全校順位とか出るから。成績とかどうでもいいけど、点数では適当に生きてるパンピーに負けたくない」

「……負けず嫌いなのか？」

「マガリまでダサい言葉使わないで。プライドって言うの」

そう言うなり、明澄《あけずみ》は人差し指をぴんと立てて見せた。

「マガリ。マガリにだけ、大事なこと教えてあげる」

「なんだ？」

「この世界は腑《ふ》抜けた奴ばっかりだけど、闘ってる奴が一番偉くて美しいんだよ」

その直後に、明澄が前回の定期テストで総合3位だったことを知った。360人中。

そのプライドは、もしかしたら明澄の境遇と関係があるのかもしれない。きっと、明澄と俺がここまで仲良くなったのも、明澄が俺に心を開いてくれたのも、たぶん本当は俺達の境遇が似ているからだ。

中学受験失敗組の公立中学生。

それ故の、ここが本当の居場所ではないような、劣等感と特権意識がない交ぜになった何か。周りとは違う、俺たちの居場所はここじゃない、そんな自意識。

俺の話は置いておくとして、あんなに頭のいい明澄がどうして公立に流れてきたのか不思議で仕方なかった。でも、踏み込んだことは怖くて聞けなかった。もし明澄が何かを抱えているんだとしたら、それをどうすることもできない俺は失望されてしまうかもしれないから。

ともかく、彼女はただの不良でも、ただの無気力な若者でもなかった。彼女の中にはちゃんと確かなプライドや拘《こだわ》りがあって、順位の出るテストや、ファッションや、その他にもいくつかの物事に対して明澄俐乃《りの》は絶対に譲らなかったのだ。

本当は、どこかでは気づいていた。彼女と俺は、決して似た者同士などではないのだと。

彼女は自分なんかよりもずっと、人生を真剣に生きているのだと。

……でも、中学二年の俺は見て見ぬふりをした。

見て見ぬふりをして、二人の共通点の部分にだけ、熱いまなざしを注いだのだ。

「ねえ、マガリ。私、なんも考えずに学生やって満足してる奴が許せないの。なんていうか……その、……なんていうんだろう」

「そうか。俺も上手く言えないけどさ、なんか、ダサいよな。そういうのって」

皮肉混じりに、そう言って、笑ってやった。

明澄は一瞬目を丸くすると——それから嬉《うれ》しそうに、何度も頷いた。その顔はぼんやり紅くなっていて、彼女はおかしそうに手で頰《ほお》をパタパタ扇《あお》いでいた。

俺には、確かな信念なんて何もなかった。

それでもただ、焦りだけはあった。こんな自分は、このまま何もせずに、白いベッドの上で腐っていくのではないか。何も残せず、何にもなれず、静かに朽ちていくのではないか。そんな、漠然とした恐怖に呪われていた。

単純に、何でもいいから動き出さないと、何かにならないと、死んでしまう気がした。

きっと明澄も、似たようなことを考えていたのだと思う。

明澄《あけすみ》は、何か一つになりたがっていた。小さな幸せで自分自身を納得させる一般人たちには決して埋没しない、輝ける何かになりたがっていた。

俺たちの共通点といえば、本当のところそれくらいのものだったのかもしれない。

しかし、それだけの共通項で、二人が何かを始めるまでに時間はかからなかった。


その歌声をはじめて聴いた日。俺は、一瞬で十四年分の衝撃を受けた。

「…………だから、いやって言ったじゃん」

自信なさげに一節歌い終えた後、明澄は露骨にしゅんとして、それ以降は全く目を合わせてくれなくなった。でも、俺にはその意味が全く分からなかった。

彼女の歌は震えていた。嘘《うそ》みたいに揺らいでいた。

こぶしやビブラートとは全く違って、ひっくり返っているわけでもなく、ただ、聞いたことのない揺らぎ方をしていた。例えるなら、冬の凍てつく風に揺れるたった一枚の葉。普通、声の震えから連想されるのは自信のなさや恐怖だろう。でも、彼女の揺れは違った。むしろ、逆だった。切実さ。静かな情熱。張りつめた感じ。揺れの一つ一つに、エネルギーが宿っていた。

何よりその歌声に、俺の心が共鳴して震える感覚があった。

出会ってしまった。意味も分からず、そんな想いと衝動だけがあった。

「……昔から、なの。別に緊張して震えてるわけじゃなくて――」

「明澄」

言葉を遮るように言うと、彼女の肩がぴくりと震えた。

俺は安心させるように笑いかけると、両手で、彼女の左手をそっと握った。

「最高だな」

「…………え？」

「これだろ。これで、早いとこスゲー奴になっちまおうぜ」

「これって？」

音楽だよ。明澄の歌と、俺の曲と。

幸い、俺は素人なりに打ち込みの作曲ができた。何気なく中学へ上がった頃に始めたものだったが、今では三、四分の曲を動画サイトに投稿するくらいになっている。

デスクトップ・ミュージック。パソコン一台でベースやギター、ピアノにシンセ、その他諸々の音をデータとして配置して、一人で一つの楽曲を完成させることのできる作曲スタイル。初音ミクを筆頭としたボーカロイド楽曲がそのいい例だろう。俺一人ではせいぜい数百再生が限界だが、この声とならば。そんな熱っぽい妄想が、次々に膨らんでは弾けた。

「明澄。中学生のうちに天下取れる」

そして、そんな身勝手な俺が明澄を半ば引きずり出すような形で、俺たちの生活は転がり始めた。

未開の音楽ジャンルを開拓する。そう意気込んで始めた俺のプロジェクトは、今思えば単なる8bit寄りの打ち込みにアコースティックギターを強めに被《かぶ》せただけのものだ。それでも、当時の俺たちにとってそんなことは些細《ささい》な問題だった。二人で毎日のように作戦会議を重ね、だいたい月に二曲のハイペースで作品を発表した。

二曲目の投稿が終わる頃には、明澄《あけすみ》も完全に乗り気になっていたように思う。

また。音楽活動だけに関わらず、俺は明澄をいろいろな場所に連れ出した。

たとえば楽器屋。たとえば買い物。たとえばペットショップに、プラネタリウム。

ひそひそ話でもするみたいに、二人で出掛ける時の明澄はちょっとだけ周囲を気にしながら、俺だけを見て、俺だけに向けて大切に育てた言葉を吐いてくれた。嬉《うれ》しくて仕方なさそうに。

「なあ。その……俺と一緒の時間、こんなに長くていいのか？　お前にももっと、他に会いたい人とかやりたいこととかあるだろうし……」

ある日、俺は少し後ろめたい気持ちになってしまって、不安で、そう尋ねたことがある。

明澄は一瞬きょとんとして、でも、それから目を合わせてちゃんと言ってくれた。

「……そういうとこだよ。そういうこと言うマガリと一緒にいるのが楽しいんだから、気にしなくていいんだよ。嫌だったらここにいない」

時には、電車を乗り継いで都内に出たりもした。渋谷駅を出てすぐに現れた巨大看板には、何の引っ掛かりも感じないポップスターのろくでもない写真が掲載されていた。

……きっと、どこか舞い上がっていたのだろう。明澄カタブツだけど、誘えば渋々乗って着いてきてくれる。だから、嬉しくなった。テンションが上がって、俺は彼女をいろんなところへ連れ出した。明澄に喜んでもらえるなら、なんだってできる気がしていた。俺にとっては、あれが唯一自分がエンターテイナーであれる場所だったのだ。

そして、きっと明澄のほうも、俺のことをそんなポジションの人間として見てくれていた。こちらを見つめる視線は、やけに熱っぽかったから。

つまるところ、彼女は俺を過大評価してくれていたのだ。

「なあ、……そんな服、どこ探せば売ってんだ?」

「ネット。それより、……どう? 似合ってる?」

「ああ。イケてる。百点だな」

どこに繰り出すにも、明澄の私服はすごかった。襟や袖のレース感が強く、白黒茶系がメインで構成されたひらひらの服。人形に着せるドレスみたいな華やかさがあった。本人はアンクルージュだのリズリサだのと呪文みたいなブランド名を解説してくれたが、俺にはさっぱり。分かるのはただ、それらを彼女が完璧に着こなしているということだけだった。

「マガリ。今日の五限も屋上ね」

ついでに、居場所の話。ひとつは誰も来ない学校の屋上へ続く階段。高窓から夕陽が綺麗《きれい》に差し込む階段で、いつ思い出しても、あの場所には温かな橙色《だいだいいろ》のイメージがある。

平日の授業中や放課後はだいたいここに集まって、俺たちは今後の方針を話し合ったり、二人で作詞をしたり、持ち込んだスナックをパーティー開けしては昨今のエンタメ映画や音楽のヒットチャート事情を嘆いた。彼女は映画に疎い俺に『パルプ・フィクション』や『トレインスポッティング』なんかを薦めた。俺は文学に疎い彼女に、坂口安吾や石川啄木、アレックスシアラーにフィリップ・K・ディックと雑多なジャンルの作家を薦め返した。

そして、俺たちのもう一つの居場所。それは深夜のショッピングモールだった。

と言っても、中に侵入するわけじゃない。俺たちの住んでいたニュータウンには五つも六つもショッピングモールがあったが、そのうちの一つは少し変わった構造をしていた。建物の真ん中は通路として空洞になっていて、コンクリートの通路を奥に進むとテラス席みたいな椅子《いす》とステンレスのテーブルがぽつんと置いてあるのだった。雨風もしのげるが、モールの外なのでさして警備の目もない。秘密基地としては、絶好の場所だった。

「マガリ、十二時にいつものとこ」

明澄《あけすみ》は、なぜか深夜に俺を呼び出したがった。俺のほうも家で退屈に死んだふりをしているだけだったので、彼女に誘われるのは大歓迎だったけど。結局、することはと言えばいつもの作戦会議や駄弁り合戦くらい。だけど、街が寝静まった中、人目に付かない場所で異性と二人きりで過ごす時間は、なんだか特別な気がして、ちょっと背徳的で、胃の中がふわふわした。

当時の俺達には時間なんて無限にあって、だからこそ、その余りある時間を一緒に食いつぶしてくれるお互いが必要だった。仲間意識と恋愛感情をごった煮にして飲み込んでいた。

たまに、雨に振られた。二人して、深夜のモール地下で歌詞を考えているうちに。雨音がコツコツとアスファルトを濡らす音で、よく外が降り出したことに気づいたものだ。

「マガリー、寒い。そろそろ帰りたい」

「お前、折り畳み傘は」

「ない」

「……はぁ。いい加減学習しろよ。これで三回目だぞ？」

「マガリも持って来てないじゃん」

そんな日は決まって、俺の分厚いアウターを二人で頭に被《かぶ》り、雨降るニュータウンの街を二人三脚みたいに駆け抜けた。酷いペトリコールだった。二人して息はあがって、結局びちゃびちゃで、笑えた。ほんと、ジオラマみたいに無機質な街だった。

最後に、もう一つだけ印象に残った夜の話。

明澄は何度か、俺を自宅のマンションに招いた。彼女が父子家庭であることは以前から聴かされていたが、どんな遅い時間でも、彼女の家に父親の気配を感じたことは一度もなかった。

「今日も出張でどっか行ってるから、時間気にしないでいいよ」

部屋はモノトーンの家具で統一されていて、アンティーク調のランプがいくつか灯いていた。生活感はまるでなかった。カーテンは固く閉まっていた。

その日、俺たちは夜の八時から二時間にわたって音源を収録したが、それがひと段落したところで明澄《あけすみ》は勝手にシャワーを浴びに行ってしまった。勝手に帰るわけにもいかないだろう。

俺は微《かす》かに聴こえる水音を聞きながら、そわそわ落ち着かない気分で彼女を待った。

「おまたせ」

「そろそろ…………って、お前、……どした。髪、びしょ濡れだけど」

「マガリ、……乾かして？」

パジャマ姿に着替えた彼女の髪は、ぐっしょりと濡れたままだった。

髪先の雫《しずく》が一粒、ぽたり、フローリングに落下する。

その腕には、真っ白なバスタオルとドライヤーが抱きかかえられていた。

上目遣いの瞳《ひとみ》は、泣きそうなほど潤んでいた。乳白色の頬《ほお》に、ほんのりと朱が差している。

普段の明澄俐乃《りの》が絶対に見せない、弱みを凝縮したみたいな表情だった。

なんというか……とても、いたたまれない気分になった。

「じゃあ、そこ、座れよ」

突き出された腕から、バスタオルとドライヤーを受け取る。

本当は、聞きたいことなんか山ほどあった。第一、こんなことをする理由が聞きたかった。

それでも、そういうのをいったん全部飲み込んで、俺は彼女の後ろに至近距離で座った。はじめにバスタオルでばさばさと水気を取って、それからドライヤーで乾かし始める。シャンプーの、心地のいい香りがした。でも、それだけの香りじゃない気もした。ドライヤーを振りながら、恐る恐る明澄の髪に触れる。湿っていた。冷たい。自分のとはまるで違う、良く手入れされた髪。そっと、指を通して撫《な》でるように乾かす。何度も、繰り返す。くすぐったくて仕方がなかった。触れる度に、いちいち甘い微電流が指先に走った。

明澄は何分経っても、何も言わなかった。俺も何も言わなかった。息遣いすらかき消されて、部屋にはドライヤーの駆動音だけが空虚に響きわたっていた。

「マガリ」

それは、こんな儀式をはじめて何分後のことだっただろう。おおかた髪の湿り気も取れてきた頃、明澄がかすれ気味の声で呟いた。

「……なんだ?」

「…………ありがとね」

「………………なにが」

「居場所。作ってくれて、ありがと」

返事は、しなかった。

結局その夜、俺はブレーキの外れた明澄にせがまれて、本の読み聞かせをしながら、同じべッドに並んで寝ることになる。三冊目、シンデレラがガラスの靴を残して舞踏会を去ったあたりで、すぐ隣からすうすうと寝息がきこえてきた。明澄《あけすみ》の胸が、小さく上下していた。

……明澄の、心から安らいだ顔が見てみたいな。不意に、そんな想いがよぎった。

すぐ傍で寝ている今も、明澄はどこか不安げに口元をゆがめて、身体を小さく丸めるように寝ていた。何かから身を守るように、自分の世界に閉じこもるように。

その殻を溶かすような、魔法の言葉を今の俺は持たない。

でも、いつかそんな日が来るのなら、そのきっかけは俺がいい。他の人間になんて死んでも譲りたくない。夜中のぼやけた思考で、強くそう思った。

＊

≫うん、久しぶり
≫響來《ゆら》がどうこうは意味わかんないけど、リンク貼るから家きなよ
一週間半があいて、明澄からは簡素な文面が返ってきた。
とっくに諦めかけていたところに「家来い」という突飛なメッセージ。冗談だと言われた方がまだ納得できるけれど、明澄がそんな冗談を言った試しはあいにくない。
明澄に、もう一度会える？

現実味のない気まずさがある。試しにマップのリンクに飛んでみたら、ヒットしたのは上流貴族が住んでいそうな都内一等地のタワーマンションだった。

「……まあ、芸能人ならあり得るわな」

やっぱり行くのやめようかな、なんて意気地なしが心の中で頭をもたげる。

心の準備もできてなければ、会ってどんな一言目を切り出せばいいかもわからない。どんな服装で再会すれば違和感がないのかも、どんな表情を見せれば笑ってくれるのかも。

そんな状態で、スマホを手に唸《うな》る俺を——。

「パパ、気持ち悪い。パパがそんなんだと、わたしまで気分が落ちるの」

未だ当然のように消えてくれないキャラクターの亡霊が、背後から覗き込んでくる。

「なあ響來。いいニュースと悪いニュース、どっちから聞きたい？」

尋ねると、響來は薄水色の毛先を指でいじりながら、退屈そうな目で俺を見る。

「言いたいことはすべて伝えるべき。順番なんて本質じゃない。ただの誤魔化《ごまか》しよ」

「お前本当に可愛くねーのな」

ぽかり、彼女の頭を軽く叩いてやろうとしたが、その手は何に触れることもなく空を掻《か》いた。

……こういうふとした瞬間には、やっぱり、慣れない。彼女は人間じゃなくて、光が結んだ像のようなもので。客観的に見て、その奇妙さに背筋が冷える。

「可愛くない性格にしたのはだれ？」

彼女は、澄み切った水面みたいな声でそう続けた。

得体のしれない罪悪感に苛《さいな》まれて、俺は何も返せなかった。代わりに、話題を戻す。

「ともかく。いいニュース、お前さんはママに会えることになった」

響來《ゆら》の目は、露骨に爛々《らんらん》とした。

「で、悪いニュース。随分警備の厳しそうなマンションだから、お前は当分の間出てくんの禁止な。もし警備員とか住民にお前が見える奴がいたら、たぶん出禁だ」

響來は小首を傾げて、不思議そうにしていた。


平日夕方。メトロに揺られること四十分弱。

テレビ局や有名芸能事務所が近くにある一等地の最寄り駅で電車を降りる。やがて、五分も歩かないうちに、明澄《あけすみ》に指定されたマンションは姿を現した。

文字どおり別世界に行ってしまった彼女。その異世界と、自分の生活が、突然地続きになる。

「……マジかよ」

天を貫くかのごとくそびえ立ったマンションの表面は、ほとんどがエメラルドブルーの窓ガラスで埋め尽くされており、清潔感の成れの果てみたいな外観だ。おまけに周辺の敷地は何本もの木が植樹されていて、緑のやすらぎまで添《そ》わっている。まさに無敵と言っていい。

進まない脚で、俺はエントランスに入る。うっすらと、カモミールの心休まる香りがした。

まったく……住む世界が違う。笑えてくるくらいに。

インターホンは、奥のエレベーターホールへ繋《つな》がる自動扉の手前に設置されていた。明澄とのトーク履歴と照らし合わせ、俺は「1909」の四桁を一つずつ押し、「call」を押す。

スピーカーの向こうから返ってくるはずの返事を想像してみる。そのすべてが、直接的に、もしくは間接的に俺を断罪する言葉だった。

四年というのは、そういう時間なのだ。すべてを無に帰す力のある期間。頭の中に、冷たくあしらわれた時、何の特別な感情も持たぬかのように明るく振る舞われた時、いろいろなパターンで俺の来訪に応じる彼女の表情がよぎる。空想の中の明澄は、メディアでよく観る童話《どうわ》ちゃんではなく、なぜか十五歳のままの明澄俐乃《りの》だった。

「はい」

インターホンの向こうから、他人行儀な声が聴こえてくる。

その声質が——どこまでも響來に似ていて、驚く。

「……七曲成央《ななまがりなお》、です」

「……開ける」

それだけで、通話は切れる。同時に、正面の自動ドアが厳かに開いた。……はあ。

エレベーターに乗り込むと、揺れの一つも感じないうちに柔らかな電子音が鳴って、十九階への到着を知らせてくれた。居心地が悪い。さっさとホールを出ようと、自動ドアをくぐ——。

……どこまで近づいても、ドアは開いてくれない。危うく、頭からぶつかりそうになった。

「そこ、インターホン。……パパ、バカなの？」

「うおっ、……って、お、お前、出てくんなって言ったろ」

いつの間にか、隣に姿を潜めていたはずの響來《ゆら》がいる。

「……知ってたわそんくらい」

俺は響來から慌てて視線を外し、エレベーターホールの出口——客室へと繋《つな》がる扉の横に視線を向ける。そこにも、エントランスと似たようなインターホンがあった。

どうやら、ここではエレベーターホールから出るのにすら住人の許可がいるらしい。

「……七曲《ななまがり》成央《なお》、です。……いや、しょうがねえだろ。いちいち鳴らさなきゃいけない仕様なんだから」

つい、昔のようなくだけ口調が出てしまった。しかし、そんな俺の減らず口を聴く前に、明《あけ》澄《すみ》とのコールはプツりと途絶える。無言で、廊下を歩く。

時計回りに廊下を半周し、俺はようやく、「１９０９」の目の前にたどり着いた。

そのまま、何も考えまいと努め、勢いでインターホンを押す。

自分の靴を見下ろして、ひとつ、息を吐く。会って第一声は、どんな言葉を——。

「…………、…………うす」

あまりに急で、胸が収縮する。返事もなく、ドアは、突然開いた。

その隙間《すきま》からひょこんと、世間離れした華のあるショートボブの女性が顔を覗かせる。

「……入りなよ」

まんま、童話《どうわ》ちゃんだった。

「……失礼しまーす」

勝手に、声のボリュームは小さくなった。

上下白黒のスウェット。胸元にはまっくろくろすけみたいなゆるキャラのワンポイント。そんなラフさでも、彼女は外側に向けた存在感を放っていた。そこにいるだけで、周囲の人間をそわそわさせてしまうような。……これが、芸能人オーラってやつだろうか。

彼女は俺を招き入れると、無言のままスタスタ廊下を歩く。無言で、俺はその後ろをついていくしかない。芸能人オーラとは反対に、明澄の後ろ姿は、なぜかあの頃よりも小さく見えた。

廊下を抜けると、だだっ広い一間が広がる。木目色のフローリングに、L字型のゆったりとしたソファー。二人の大人が脚を伸ばして寝られそうなほどの大きさだ。

清潔感のあるカウンターキッチン。部屋中を柔らかに照らす間接照明。奥側の壁は一面が窓ガラスになっていて、茜色に沈みゆく東京の摩天楼をスクリーンのように一望できる。

明澄は目とジェスチャーで俺をソファーに座らせると、お茶を運んできてくれた。

「えっと……ありがと」

「うん」

距離感をはかるように、明澄《あけすみ》は俺と反対側のソファーに座った。

沈黙が、少しずつ空間を支配していく。耐えられず、俺は目をきょろきょろと巡らせた。それから、そっと彼女の表情を窺《うかが》おうとした。

目が合ってしまった。

つぶらで、美しい瞳《ひとみ》。その表面を、うっすらと憂いの膜が覆っている。

ここだけは。童話《どうわ》ちゃんの目元だけは、あの頃の明澄俐乃《りの》のままだった。

「その……元気でやってるか?」

お茶に口を付けて、俺はいたって適当な口調で尋ねる。

ペットボトルの天然水に口を付けて、明澄は澄んだ声音で答える。目線は、下に下げたまま。

「テレビとか、見ないの?」

「テレビ……って、ああ。……そうだな。見る。最近、すごいな。元気そうで何よりだ」

「マガリは、どう。最近。……元気にしてる?」

「俺か? 俺は……」

予想していたはずの質問返しに、どうしてか言葉に詰まった。

俺は。あの頃に比べて、ちゃんと生きている。

たとえば、気を許せる奴が増えた。気に入らないことをやり過ごす術を身につけた。

自分の力を正しく知って、笑顔で過ごせる場所を見つけて、人を笑わせるのが得意になった。

気に入らないキャラクターを、無理やりこの身体に馴染《なじ》ませた。

「俺も、まあまあ元気にやってるな」

だから、素直にそう口にした。

明澄は返事をしなかった。代わりに、ソファーにもたれる俺の全身を、舐《な》めるような視線で見回し始める。頭、目、口元。肩、腰、足元。それから再び、彼女は俺の目を見た。

「そっか」

明るい声だった。ぞっとする目だった。反射的に、目を逸《そ》らしてしまった。

彼女の瞳に一瞬映ったあの色は、きっと、俺に対する失望に似た何かだったと思う。

ああ、そうか。そうだった。

俺の知っている明澄俐乃は、もうどこにもいない。そんな、当たり前のことに気づく。俺は今日、何を期待していたのだろう。俺は、あの頃から何を失ったのだろう。

「……ああ。お互いに、元気そうで何よりだな」

ここで、本来なら確定していたのだろう。関係性の数だけ、そこに距離感は存在する。

だから、「四年ぶりに再会した悪友」にだって、距離感は付きまとう。

無視も嫌悪もしないけれど、心を許したふりをして、壁越しに言葉を飛ばし合う。

あの瞬間、十九歳になった俺と明澄の関係性は、そんなところで固定されるはずだった。

でも——この部屋には一人、イレギュラーがいた。

人間様のコミュニケーション様式を華麗にぶち壊してくれる、無神経な少女がいたのだ。

「マガリ…………あれ、な、なに」

明澄《あけすみ》が、俺の座る背後を指差して、とり付かれたように表情を固めている。

彼女につられて、俺も首だけで後ろを振り返った。

——そこに、響來《ゆら》がいた。

「ママ、どうして堕落しちゃったの?」

響來は、ぴしっと明澄のことを指差し返す。宇宙柄の真っ白なポンチョが揺らめく。

本当に、輝度を極限まで高めた立体映像みたいだ。

俺はもう一度明澄のほうへ向き直り、見たまんまの説明をした。

「……ほら、言っただろ。響來だ。最近、ずっと付きまとわれてんだよ」

明澄は二度、瞬きをした。それからおもむろにソファーを立ち上がると——無言で響來と逆のほう、玄関まで小走りで逃げていく。

「ママ!　話は終わってないわ」

「明澄、怖いのは俺も同じだ。でも、俺はこの数週間、こいつと一緒に暮らして分かった。なんもしなきゃ、たぶんこいつは人畜無害だよ」

「……ほんとに?」

「保証はしかねる」

俺がおどけて言うと、明澄はしぶしぶといった様子でリビングに戻ってくる。

明澄が、距離を挟んで響來と対峙《たいじ》する。

「あなた……その、何?」

響來は信じられないといった目で、明澄を睨《にら》む。

「忘れちゃったの? ママが演じたキャラクターじゃない!」

響來の声には、微《かす》かな揺らぎが混じった。ちょうど、あの頃の明澄の歌声のように。

三秒弱の沈黙。明澄は俺のほうに向き直って、そっとその名前を口にした。

「……響來」

確かめるような、湿り気を帯びた声だった。

そうだ、響來だ。お前が境童話《さかいどうわ》として活動を始める前、四年前から二年間にわたってアクターを務め上げた、孤高のバーチャルシンガーだ。そんな、一世を風靡《ふうび》して役目を終えたはずのキャラクターの亡霊が、なぜか実体を持って俺たちの前に現れたんだよ。

ねえ、と明澄は一呼吸置いて、俺ではなく響來に声をかける。

「なに?」

「さっき、あなた、私が堕落したって言った。……どうして、そう思うの?」

それは、予想外の言葉だった。明澄は響來という意味不明な存在の在り方自体にではなく、響來の話した言葉に対して疑問を投げかけたのだ。

さっきまで、響來《ゆら》の存在に恐れおののき、部屋から逃げようとしていたのに。

「だって、全部が堕落じゃない。パパもママも落ちぶれたようにしか見えないわ。絶対に失くしてはいけない葛藤《かっとう》を放棄して、目を逸《そ》らしてはいけないところに折り合いを付けて」

「……そう。あなたには、そう映ってるんだ」

それは、諦めに似た声だった。

室内を、また沈黙が支配する。……ここで動くなら、たぶん俺しかいない。

今日の目的は、響來を明澄《あけすみ》に会わせて満足させること。あわよくば、俺の明澄に対する罪悪感を少しだけ軽くすること。このままでは、どちらとも叶いそうにないから——。

「なあ、二人とも」

俺が呼びかけると、二人はこちらを向いた。

「鍋でも囲もうぜ」

「………なんで?」「食べたいわ！」


『いただきます』

劇的再会の挙句の果て、俺たち三人は水炊き鍋を囲んでいた。なんでだ。

俺が近くのスーパーへ買い出しに出てから、早一時間。窓ガラスの向こうはすでに夜のとばりが降りていて、東京のビル明かりや走る車のライトが宝石箱みたいに散らばっている。

ポン酢の注がれた各々の小鉢。なぜか響來の前にも置かれているが、どう見たって人間の食い物が入る身体じゃない。それでも、彼女はどこか満足げな表情をしていた。

そしてなにより正面……明澄からの抗議の視線がすごい。当然だろう。わけのわからない、この世に存在してはいけないようなキャラクターと、四年前約束を破ったどうしようもない男と、三人でいきなり鍋を囲まされているのだから。

「じゃ、じゃあ！　気を取り直して、響來ちゃんを知ろうのコーナー！　ぱちぱちぱち」

俺が上ずり加減の大声でコールすると、明澄のジト目と響來の不思議そうな目が俺の顔面でパレットの絵の具のように交わった。

「知ろうも何も、パパとママはわたしのことを全部知ってるじゃない」

「いーや、知らないことだらけだ。なあ、明澄」

「べつに、知りたくもないけど」

「まあまあ」

俺はどうにか空気を弛緩させようと、会話を回す。

「じゃあ、まずは俺から質問いいか？　響來。お前は、その……一体どういう存在なんだ？」

俺が手始めに一番気になっていることを聞くと、響來は間髪入れずに滔々《とうとう》と話し始める。

「わたしはキャラクターよ。パパとママが作ったキャラクター。わたしたちの住む世界では、不法投棄された夢と葛藤が腐敗してみんなが住めない環境になりかけているの。そこで、わたしはこの世界にやって来て、この世界の人に葛藤《かっとう》を消化不良のまま捨てないで——」

「わかったありがとう！　もういいもういい」

俺は恥ずかしくなって、響來《ゆら》の回答を遮る。

「聞いたのはパパじゃない！」

欲しかった回答と微妙にずれていた。俺が知りたかったのは響來のいうキャラクターがこの世に存在できる理由だったが、響來が今語ったのは——。

「ふっ」

「……明澄《あけすみ》？」

「あ、ううん、なんでもない」

一瞬、明澄がおかしそうに笑っていた。四年越しに見た笑顔だった。

「いや、まあお前が笑うのも分かるけどな」

「だよね。不可抗力」

明澄が笑った理由は、おそらく響來が語った自分自身の設定があまりに中二病っぽかったからだろう。そして、その設定を考えた人間を……十五歳の頃の俺を知っているからだろう。

「あの頃のマガリ、結構イケてたよね」

「バカにしてんだろ」

「うん」

意図せず、空気が少しだけ弛緩した。結果的に、響來のおかげだった。たったそれだけの会話で、自分の中にあの頃のまま冷凍保存された感情と匂いがぶわっと蘇ってくる。

響來の張りつめて不安定な声と、同じ声質なのに落ち着きと品を纏《まと》った十九歳の明澄の声。

楽しいはずなのに、それ以上に苦しくて痛いのはどうしてだろう。

「パパ、わたしからもママに質問いいかしら」

響來は俺のことなんて見えないかのように、明澄の瞳《ひとみ》だけをじっと見つめる。

明澄は、少しだけ居心地悪そうな顔をした。

「ママは、どうして堕落しちゃったの?」

「……またそれ」

「本当のことじゃない!」

響來は、今の明澄が心底嫌いなようだった。そんなにキツイ言い方しなくても、と思う反面、童話《どうわ》ちゃんのことを好きになれない俺は、複雑な感情で二人の会話の行く先を見つめていた。

明澄はたっぷり間を取って、それから勝ち気な表情を作った。

「確かに、私は昔と比べて変わったのかもしれない。でもね、それは戦う場所と方法を変えただけ。あなたにはまだ難しいかもしれないけど、変わることは堕落じゃないの」

「わからないわ。それに、『あなた』って何? わたしは響來よ」

「うん、十五歳には難しい話だったね。ごめんね、……響來」

「……子ども扱いしないで！」

次々と、言葉の応酬が頭上を行きかう。

形式上は初対面。それも、片方は人間でもなければロボットでもない未知の何か。

そのはずなのに——目の前で対峙《たいじ》している二人は、不思議と、関係のこじれた親子みたいに映った。明澄《あけすみ》が母親で、響來《ゆら》が娘で。

「その……明澄、ちょっといいか？」

俺がたまらず声をかけると、明澄は反抗期の子を諭す親みたいな目のままこちらを振り返る。

「どうしたの？」

「いや、俺が言うのもなんなんだが……お前、すげえのな」

「なにが」

「普通すんなり受け入れらんないだろ、こいつのこと。なのに、喧嘩《けんか》してるしさ」

明澄は、確かめるように響來を見る。つられて俺も振り向くと、響來は柳眉《りゅうび》を逆立てて全面に不満アピールを押し出していた。今にも明澄に飛び掛かりそうだ。

「だって、そこに居るならしょうがないかなって。それに……人畜無害、なんでしょ？」

「そういうもんか？　……まあ、いいけど。こいつも、かーなりお前に会いたがってたしな。ママに会わせろって、めちゃめちゃしつこいの」

「そうは見えないけど」

再び、二人の視線はぶつかる。余裕の滲《にじ》む明澄の瞳《ひとみ》と、かっと見開かれた響來の目と。

それからも、ずっとそんな調子で二人の親子漫才は続いた。流れるように、会話が続く。

「マガリも、たぶん大人になったんだよね」

「ああ、たぶん。響來に堕落してるって言われるくらいにはな」

「あはは、なにそれ」

俺と彼女との会話も、少しだけあの頃みたいなテンポ感を取り戻しつつあった。

ひょっとして、響來が欲しかったのは、ママと過ごすこんな時間なのかもしれない。

ふと、明澄がＴＶの電源を入れた。

「……ごめん。せっかく来てくれたのに、こんなの見せて」

「いや、いい。べつにお前の出てる番組嫌いじゃないし」

彼女は、童話《どうわ》ちゃんが出演したバラエティー番組を再生しはじめる。先週の放送の録画だろう。俺たちと会話を交わしつつも、明澄の眼差しは真剣だった。液晶に移り込む童話ちゃんを、穴が開きそうなほどの熱量で見つめている。「どーわでーす。いえい」と画面の向こうの童話ちゃんが自己紹介すると、それを眺める明澄は納得いかなそうに小首を傾げた。

本当、どこまでストイックなんだ。……まあ、昔からだけど。

「いつも、自分の出てる番組チェックしてんのか？」

「ひとつにつき三回は見返してる」

「……すげえのな。……芸能人ってみんなそんなストイックなのか?」

「知らない。……でもね、やれることはやるの。人間、どこかで妥協したら終わりだから」

それは、とても淡々として柔らかな言い方だった。それでも、なぜか棘《とげ》を感じてしまったのは、俺に心当たりがあるからだろうか。

明澄《あけすみ》は、鍋の中から鶏肉やらネギやらを小鉢によそい、それを口元によせて小動物みたいに食べた。一瞬幸せそうな顔をした後、彼女は次に、机上のペットボトルを手に取る。

それは童話《どうわ》ちゃんの大好物、天然水だった。

「……で、プライベートでまでキャラ作りか?」

ポロっと、そう口から零《こぼ》れた。彼女は俺の目を見て、いじけるみたいに唇をとがらせる。

「意識の問題。私生活は肝心なところで滲《にじ》み出るの」

「そうですかい」

そう言い切って天然水をぐいっと飲む彼女の姿を、ぼーっと見つめた。

根拠も理由もなく、胸の奥がざらついた。

「ママ」

俺が再び水炊きに口をつけたところで、今度は響來《ゆら》の声が割り込んでくる。

「ママ、あの気味悪いキャラクターは何?　今すぐやめて」

その直接的すぎる言い回しと勢いに、思わず笑いそうになった。

ＴＶ画面を指差して、響來がまっすぐに明澄を見つめている。明澄はやれやれといった笑みを浮かべて、優しく響來に語りかけはじめた。

「あのね、あれはママのお仕事なの。芸能人っていうのは、ああやって期待に応えるの」

「あれはママに相応《ふさわ》しくないわ！　ママが演じるべきなのはわたしのほう」

……まーた始まった。どこまでも親子喧嘩《げんか》だ。

俺はそんな二人の口論をＢＧＭ代わりに、黙々と水炊き鍋を平らげていく。

「なんかさー、お前ら、何年も付き合ってる腐れ縁って感じだよな」

俺が口に出すと、二つぶんの頭が仲良く同タイミングでこちらを向く。

「どこが」「当然よ。だってわたしを演じたのは、ずっとママだったんだから」

その反応の食い違いすら、なんだか微笑《ほほえ》ましかった。ふいに我に返って、ここが四年ぶりに会った明澄の自宅であることを思い出す。あれだけ積み重なった緊張や懸念事項は、どこかへ消えてしまっていた。それも、結局ぜんぶ響來のおかげなのかもしれない。

「水、取ってくる」

それから十分ほど。俺がソファーにもたれていると、明澄は空になったペットボトルを持って冷蔵庫のほうへと歩いて行った。すると、響來も立ち上がってその後を追う。まだ何か言い足りない文句でもあるのだろうか。薄水色のショートボブが、その歩幅に会わせて揺らめく。

まったく、どこまでも平和な夜だ。覚悟決めてきたこっちの調子が狂う。

「長い間連絡も取らずに、悪かった」。それだけ言って、罪悪感から少しだけ楽になれれば。そう思って来たのに、今日のこの感じではとても伝える気になれなかった。弛緩した雰囲気に便乗して伝えても、それではあまり意味がないと思うから。

だから、今日みたいな平和な夜は、平和なまま終わればいい。そう思っていた。

そう、思っていた。

「…………」

何気なく振り返った、その刹那《せつな》の光景。呼吸が止まった。

響來《ゆら》は無表情のまま、素早く腰の日本刀を抜くと——。

「……え」

そのまま、明澄《あけすみ》の心臓を串刺しにした。

「…………な…………お前、なに、して、んの」

上手く声が発せない。

カウンターキッチンの手前。瞳《ひとみ》に強い意志を湛えて光の剣を押し込む響來と、人形のように固まったまま立ち尽くす明澄。血は、滴っていない。傷もない。日本刀は明澄の胸を貫き、光の剣先はその華奢《きやしや》な背中を突き破って顔を出していた。

実際には、彼女の身体には傷一つついていない。

それなのに、とてもそうは思えなかった。響來の吸い込まれそうな瞳には殺意が宿っていて、立ったまま動かなくなった明澄の瞳孔《どうこう》は、一瞬の恐怖を前に縮んでいる。

「……知っていたわ。キャラクターに、人間は殺せない」

澄み切って、凍てついて、揺らぎを孕《はら》んだ声。

響來は刀を鞘《さや》に収めると、おもむろに俺に背中を向け。

「キャラクターにできるのは――」

消えた。

響來が唐突に姿を消し、呆然と立ち尽くす明澄だけがキッチンの前に残される。

そして、彼女は糸の切れたマリオネットのように、時間差で、その場に崩れ落ちた。

Chapter 2

雨のニュータウン、童話から零れ落ちたお姫様は

「さあ始まりました木曜生放送『おヒルの太鼓判』！　今日は今、若者人気急上昇中の境童《さかいどう》話《わ》ちゃんがゲストで来てくれてますよー！」

「……ど、どうわでーす、いえーい……えへへ」

「あれー？　童話ちゃんいつもと何か違わない？　……もしかして童話ちゃん緊張してる!?　意外だなぁー、童話ちゃんってどんな現場でも緊張しない子かと思ってたよー」

「……そ、そうなんです。じつは、緊張。すいません……」

「いいよいいよガンガン緊張しちゃっていいよ！　では、今日の意気込みを一言！」

「き……緊張しちゃってるけど、負けずに頑張ります！」

「あの無気力な童話ちゃんがまさかの頑張る発言!?　超レアじゃん！」

「あ！　いやその……違くて……」


「さて、ヒナのために何百キロという距離を泳いでエサを取りに行くペンギンのＶＴＲを見ていただきました。まずは……童話ちゃん！　どうだった？」

「……そうですねー、えっと、……なんか、けなげで可愛いなって」

「……なんか小学生みたいな感想だなー。いつもの達観コメントちょーだいよ！」

「すみません！　でも、ほんと、可愛いくて……」

＊

流石《さすが》に、その異常さには気づいた。というか、境童話を知っている全員が気づいたと思う。

俺は自宅で見ていたが、思わず昼食のカップ麺の箸《はし》が止まった。

今日の童話ちゃんは、まるで別人みたいだった。

イメチェンでもギャップ狙いでもなく、単に焦って空回りしているようにしか見えなかった。

試しに、SNSで「童話ちゃん」とサーチをかけると、案の定その様子を訝《いぶか》しむようなツイートが数百単位で表示される。……あれから、たった三日。とても見て見ぬふりはできなかった。

何かあったか？　と散々迷ってそれだけLINEを送ると、「心配なら、練習つきあって」と二時間も経たぬうちに、マップのリンク付きでそれだけ返ってきた。今度は、明澄《あけすみ》の自宅ではなくて、都内の小さな児童公園だった。

「夜の九時半でいい？」遅れて、付け足しのメッセージが届く。

まったく、どこまでも分からない。なんだよ、練習って。何の練習だよ。……というか。

そもそも、……夜に二人きりってどうなんだ？　俺のことは、結局どう思っているんだろう。

憎んでいるのだろうか。失望しているのだろうか。

それとも、もう何とも思っていないのだろうか。

「わあー」「ひゃっ」

九時半。約束の時間ぴったりに、明澄《あけすみ》は公園へやってきた。公園名のオブジェの裏に隠れて待ち、来たところを飛び出して歓迎してやると、彼女は間抜けな声を出して三歩後ずさった。

「よ、三日ぶり」

「……やめて、心臓に悪い」

眉根《まゆね》を寄せて、明澄がじゃれるみたいに俺を軽く睨《にら》みつけてくる。それが、なんだかとても愉快でたまらなかった。思わず、口の端がほつれる。

「なんで嬉《うれ》しそうだし。他の人だったらどうするつもりだったの」

「謝る」

彼女はマスクを外して、やれやれといった表情をした。

ネイビー系のフレアスカートに白のカットソー。丈の長い肩掛けのアウター。夜の公園では少しだけ寒そうだ。顔が整っている明澄は、昔からなんでも着こなしてしまう。でも。

とても似合っていたけれど、どこか些細《ささい》な違和感も感じていた。

きっと、あの頃に彼女の全身お姫様コーデを見過ぎたせいかもしれない。

「密会だな」

「……それは言い方じゃん」

「いや、密会は密会だろ」

かつての悪友とはいえ、今をときめく大スター童話《どうわ》ちゃんと二人で夜の公園。そりゃあ、そわそわもする。だから、わざとらしい単語を口にして誤魔化《ごまか》した。でも、むずがゆさは消えてくれない。明澄は目線こそ外して余裕ですよというふうな体をとっているが、全身から隠せていないそわそわ感が伝わってきて、それでちょっと安心した。

きっと、この時間を特別に思っているのは彼女も同じだ。

「マガリは意識しすぎ。あの頃だって散々やったじゃん」

そう言って、彼女は懐かしそうに微笑《ほほえ》む。

「いや、あの頃は普通に夜中会ってたけどさ。今はなんというか……」

「言葉にしなくていいよ。どうせたぶん、今のマガリはダサいことしか言えないから」

「なんだそれ。喧嘩《けんか》なら受けて立つぞ」

「ほら、ダサいことしか言えない」

夜の雰囲気にあてられて、少しだけ明澄とあの頃みたいに話せた気がする。

それだけのことが、今は走り出したくなるほど嬉しい。

「で、なんだ?」

「なんだって、何が」

「だーかーら、練習。練習付き合えって行っただろ。何の練習?」

「あー、……うん。………………ねえ、マガリ、今日の昼の生放送見た?」

ばつが悪そうに、明澄《あけすみ》は聞いてくる。上目遣いで俺を見上げる彼女に対して、俺は首を縦に振った。あの頃よりも開いた身長差のせいで、並んで歩くと妙にむずがゆい。

「ああ、見た。見たから、あんな連絡したんだけど」

「だ、だよね」

どちらともなく歩いた先には、二台の古びたブランコ。明澄が先に赤い方を取ったから、俺は残り物の青い方に腰を下ろす。何気なく鎖を握ると、その冷たさに驚いた。

「私、なんかスランプみたい」

彼女はさして深刻でもなさそうに、飄々と呟く。

「生煮えの煮魚になった気分だよ」

「…………いや、さっぱりわからんけど？」

「イップス、みたいのに近いのかな。スポーツ選手、よく言うじゃん」

今まで普通にできていた動きが、ある日突然できなくなる現象。明澄はこう言いたいのだ。先週まで完璧にこなせていたのに、突然、「境童話《さかいどうわ》」として上手く振る舞えなくなったのだと。

「ねえ。あれからあの娘、マガリのとこに来た？」

地面から足を離してゆらゆら揺れながら、明澄はゆるりと尋ねてくる。

「響來《ゆら》か？　そう言えば一度も見てないな」

「……そっか」

あれだけしつこく俺をストーキングしていたのに、ママを刺した瞬間、それっきり一度も顔を見せないようになった。

本当は考えたくなかった。幻覚は所詮幻覚でしかないのだと、そう結論付けたかった。

でも、明澄がこの話題と文脈のなかで、響來について尋ねてきたということは。

「……なあ。お前がそうなったのって、もしかしてあれからか?」

ズッ、と砂が擦れる音がした。明澄は靴でブレーキをかけてブランコを止めると、こちらを振り向き——それから、そっと頷いた。

「刺されたとき、自分の身体から自分が離れていく気がしたの。身体が変に軽くて、不安で、なんか内臓とか全部なくなって空っぽになった感じ。……それで、ずっとそのまま」

尻すぼみに、声は小さく息混じりになっていく。再びあの光景がフラッシュバックする。

ただ、光の立体映像が彼女の身体を透過しただけ。客観的に見て、それだけのことでしかないのに。そう思わせないような、確かに肌で感じられるような質感と放射状のオーラ。

……芯まで冷え切った声と捨て台詞が、鼓膜から離れない。

キャラクターに、人間は殺せない。キャラクターにできるのは——。

「キャラクターにできるのは、キャラクターを殺すことだけ」

「……いや、考えすぎだろ。何真に受けてんの」

透明な声で呟いた明澄に、俺は精一杯の冗談口調で茶化してやった。

「でも、私の感覚が証明してるよ。このままじゃ、芸能界に居場所……なくなっちゃうね」

彼女の横顔はどこまでも切実で、俺の胸を締め付けた。そんな顔はさせたくなかった。

響來《ゆら》は人畜無害だから、大丈夫。そう言って、響來を明澄《あけすみ》のもとまで連れて行って。

……もし、明澄に居場所がなくなったら、それはぜんぶ俺のせいだ。どうにかしないと。

風が背中のほうから吹き付ける。秋真っ只中とはいえ、夜風はやっぱり冷える。

「それより、練習。練習って、まあ、童話《どうわ》ちゃんの練習ってことなんだけどさ」

「……ああ。大体予想はついてたわ」

髪が乱れて目にかかった明澄は、それを直しながら頷いた。

「人に見てもらわないと、分からないから」

生放送出て失敗して、その日の夜に取る行動がそれかよ。

ちっとも変わってない。ストイックが過ぎる。……まったく、頭が下がる。

「じゃあ、ちょっと見てて」

明澄はぱちんと自らの手で両頰《ほお》を叩くと、こちらに向き直る。

彼女は瞳《ひとみ》の揺れを必死に抑えるように、じっと俺の目を見て――おもむろに口を開いた。

「……ど、……どうわです、い、えーい。…………………どう?」

「……なにが?」

「雰囲気とか、喋《しゃべ》り方とか」

「バグった人工知能みたい」

「もういい」

分かりやすくぷいっと顔をそむけて、明澄は自分の精神世界へと戻っていってしまう。「悪かったって、冗談」とフォローを入れてもなかなか機嫌は直してくれない。艶《つや》やかな髪の合間から覗く小さな耳たぶが、ほの紅く色づいている。

……でも、あんまり茶化すのも良くないか。

彼女にとっては、それこそ死活問題なのだ。来週も、再来週も、彼女は境《さかい》童話を求められる。表情にこそ出さないが、きっと、不安や焦りに押しつぶされそうになっているはずだ。

すべては俺のせいなのだ。ならば、俺にできるサポートは全力でやる義務がある。

それに今の明澄には、誰かが守ってあげないとどこかへ消えてしまいそうな、そんな儚《はかな》さがあった。ぜんぶ思い上がりだろうけれど、それでも、今の明澄を他の奴に触れさせたくないと思ってしまった。本当の俺は、明澄にとっての何者でもないというのに。

彼女を守ってあげたい。優しくしたい。……でも、その一方で俺は知っている。

こういう時に優しい言葉をかけるのは、百パーセント彼女の神経を逆なですることを。

で、あればこそ。こちらが差し伸べられる手はたった一つ――。

「全然ダメ。リテイク。不合格。やり直しだな」

「……知ってるからいちいち言わなくていい」

俺のダメ出しに、明澄《あけすみ》は投げやりに顔を上げ、唇を尖らせた。

そして睨《にら》みつけるような怒り顔のまま、彼女は練習を再開させる。

「どうわ、です、いえーい」

「もうちょい力抜いていいと思うぞ。イメージ、伸ばせるところの音は全部伸ばす感じで」

「どーわ、でーす、いえーい」

「最後のいえーいは伸ばさないで、いえいのほうが無気力っぽいな」

「全部伸ばせって言ったのマガリじゃん」

「リテイク」

「……もう。……どーわでーす、いえい」

「……お？　なんか、今のいい感じだった気がする。いつもどおり感」

「ほんと？　……そっか、こんな感じだったっけ。…………………ていうかマガリ、私の出てる番組見過ぎじゃない？　なんでこんな的確にアドバイスできるの」

「……うるせえよ」

次。

「いいんじゃ、ないですかね」

「なんか、普通の相槌《あいづち》になっちゃってるな。もっと適当に、興味なさげに」

「いーんじゃないでーすかねー」

「……うーん、伸ばせばいいってもんでもないな。この場合はいつも、もっとぼーっと吐き捨てるような感じだから……むしろ語尾は伸ばさない方がいい」

「……いんじゃないですかね？」

「それだ。合格」

次。

「あと、コメントも練習しておきたいの。VTRとか見て、何か言うやつ」

「あー。童話《どうわ》ちゃんは、達観してて気の利いたこと言わないとダメなんだったか？」

俺が言うと、明澄はもの言いたげな目で俺を見た。露骨に不満げだ。

「……とにかく、マガリが何か話題振って。なんでもいいから」

「なんでもいいって……じゃあ」

俺は二度咳《せき》払いをして、『おヒルの太鼓判』の名物司会者の声を真似てみる。

「さて！　二十年に一度訪れるというナマズの大行進のVTRを皆さんには見ていただきました。いやー迫力あるねぇー！　どうだった、童話ちゃん？」

「そ……そうですねー。はは……なんか、ナマズって普段一匹でも見ることないのに、それが何千匹もいて、うわーすごい、って……それで……」

「イマイチだなぁ。なんというか話に深みがない」

「今のは話題が悪いでしょ」

「何でもいいって言ったろ。……なあ。挨拶《あいさつ》とか定番のセリフは分かるんだけどさ。コメントは前から、明澄《あけすみ》が即興で考えてるわけだろ？　なのに急にできなくなるの、なんでかなって」

「そうなんだけど。境童話《さかいどうわ》としてコメントするって思うと、急に頭が真っ白になる」

「そういうもんか」

そんなグダグダ加減で、結局俺たちの練習は一時間以上にも渡った。

手のひらが芯から冷え切っている。普通に寒いのと、どっぷり沼の底へと引きずられていくような疲労感と。

「マガリ。……なんか、ありがとね」

「いや、べつに何もしてねーよ。俺にも責任あるし」

お互いに口数は少なくなり、夜風に吹かれながら時間を食いつぶす。

気まぐれに隣を向いた瞬間、ふいに我に返って、バカらしくなった。

どうして俺は、あれほど気に入らなかったキャラクターの手助けなんてしているんだろうか。

もちろん俺が責任を感じているというのもある。でもそれ以上に……きっと、四年ぶりに会って、あてられてしまったのだ。

彼女の、輝いていようとする真《ま》っ直《す》ぐな目に。自らに妥協を許さないその姿勢に。

闘い続けようと努力する人間は、それ相応に報われて然るべきだから。

「さっきからなに見てるの？　そんな真剣な顔して。……もしかして、彼女さんとか？」

考え事をしていたら、ふいに、後ろから明澄がスマホを覗き込んでくる。俺は慌てて再生数の確認をやめ、マイチャンネルの管理ページのタスクを切った。

「何でもねーよ」

「……ふーん、そっか。なんでも、ないんだ」

「てか、そんなことより。……お、お前、これからどうすんの」

お前こそ彼氏とかどうなんだよ、とは聞けなかった。

「これから？　今までどおりだよ。収録行って、撮影して、レコーディングする」

「でも」

「心配しないで。メンタル面とか、調子とか、そういうのはいつも煙井《たばい》さんが……うちのマネージャーがなんとかしてくれるから」

「……あいつが、か。そうか、よかった」

「あ、マガリも覚えてるんだ」

「そもそも有名だしな」

彼女の口から出たマネージャーという言葉に、十五歳の苦い記憶がこみ上げた。

境童話の名物敏腕マネージャー。彼女が「響來《ゆら》」として活動していた頃からの担当で、それ以来二人三脚で芸能界を駆け上がっている。ちなみに、童話ちゃんの前世が響來の中の人だという事実は、少しインターネットを掘ればいくらでも転がっている情報だ。声質が特徴的なうえ、童話《どうわ》ちゃんはアーティスト活動も行っているから歌声の類似性に気づけば、誰でも容易に結び付けられる。ともかく、プロデュースは面含めて、彼女をシンデレラガールに仕立てた立て役者は、世間では「煙井《たばい》さん」であると言われているのだ。

ちなみに、俺には四年前の手前、個人的な彼への感情があるが、あまりに幼稚なので割愛。

「すごい信頼だな」

俺が多少の皮肉を込めて言うと、明澄《あけすみ》は口の端を小さく上げて、儚《はかな》げな横顔を見せる。

「うん。私のこと、なんでも知ってるから。……たぶん、年中タレントのことしか考えてないよ、あの人。ちょっと過保護なくらい」

「いいじゃん。適当な奴よりよっぽどいいだろ」

「最近は、私の女優進出も考えてるんだって」

彼女の話しぶりは至極淡々としていたが、それでも、その声は温かな色をしていた。

複雑な感情の味がした。安心した、と、裏切られた、が同時に来たみたいな。

実のところ、勝手に不安になってはいた。明澄が芸能界という知らない地で、孤立していないか。たった一人で凍えてはいないだろうか。

でも、少なくとも彼女には心を許せる人間がいる。そういう場所がある。

だったら、十分なはずだ。これから彼女が調子を崩そうが、更に追い込まれようが、そばで共に闘ってくれる人間がいる。居場所があれば、人間、大概のことはなんとかなるのだ。

その隣に立っている人間が、たまたま俺ではなかっただけで。

本当、それだけの話なのだ。あの日の俺の神様にとって、神様は俺じゃなかった。

たった、それだけの話。

「じゃあ、気が向いたら相談とかしてみたらいいんじゃねえか」

「うん、そうする」

そう言った明澄の声は、なぜか少し寂しげに聞こえた。

「じゃあ、そろそろ帰るか。俺も終電あるから、あんま遅くなると」

「そうだね。付き合わせて、ごめん」

結局、俺たちがブランコから立ち上がったのは十一時前のことだった。寒くて鳥肌が立っている。夜は着々と底へ向かい、たった一本の街灯がやけに輝いて見える。

二人並んで、出口へと歩く。言葉は一つもない。でも不思議と心地良い。

少し前まではとても考えられなかった。明澄と、またこうして並んで歩いているなんて。あの頃みたいに、何事もなかったように、減らず口をたたき合えるなんて。

少し前までは、とても――。

「……」

――明るい。最初に飛び込んできたのは、あの日と同じでそんな認識だった。

夜闇を照らす、不自然な青白い発光。とん、と一度心臓が大げさに跳ねる。

俺たちが歩いていた先、公園の出入り口。

公園名の書かれたオブジェの上に、立体映像のキャラクターが立っていた。

「…………何の用だよ、響來《ゆら》」

白地にゴールドのライン。宇宙柄のポンチョをはためかせて、薄水色の髪の少女は不敵に笑った。目は、笑っていなかった。

「まだ、あんな偽物の練習をしているの?」

澄んだ硝子《ガラス》色の声。響來は高い位置から、明澄《あけすみ》に対して真《ま》っ直《す》ぐ指をさす。

「ママが演じるべきなのは、あんなのじゃないわ。わたしはママを許さない」

隣を振り向く。明澄は、まるで空間に打ち留められてしまったかのように動かない。

彼女は、恐怖の楔《くさび》で繋《つな》がれていた。小さく開いたその唇は、何も語らない。

「……なんの逆恨みだか知らねえけどさ。……明澄は、あの場所で最善を尽くそうと戦ってんだ。だから、その努力を踏みにじるような真似はやめろ」

強く、その無感情な瞳《ひとみ》をにらみ返した。声を荒らげて、そう伝えた。

「それと、はやく明澄を元にもどせよ」

けれど、響來の氷塊のような存在感は、少しも揺らぐことはない。

「パパは黙ってて。……それに、いくら練習しても無駄よ」

彼女は、自らの胸元に手を当てると。

「境童話《さかいどうわ》は、わたしが――」

幻みたいに、はっと消えた。

見上げたままの首が、動かない。視線の先。残像も影も残り香も、そこにはない。

やがて、強張《こわば》っていた身体が、急に弛緩を始める。

「……その。………ほら、帰ろうぜ」

ここで俺まで真に受けてたら、それこそ明澄が深刻に考えてしまいそうだ。

だから、俺は頭を振って、嫌な幻想を振り払って。

黙って一歩を踏み出したのに――後ろから、アウターの袖をちょこんと摑まれてしまった。

「……どした」

振り向くと、明澄は俯《うつむ》いたまま、裾《すそ》を摑んだ手をぎゅっと握っていた。

暗さも相まって、表情はよく見えない。分かるのは、その手が小刻みに震えていることだけ。

「なんだ、怖くなったか?」

「違う。………違う、けどさ?」

彼女はか細く、上ずった声で言葉を紡ぐ。

「もし、私がこのまま家に帰るじゃん。………でさ、たぶんお風呂入るじゃん」

「何の話だ」

「それで、お風呂あがったら、きっと髪びしょ濡れになるじゃん。でも、……もしかしたら、今日の私は調子悪くて、髪、乾かせないかもしれない」

「……はぁ?」

「そしたら、風邪ひいちゃうよ。……誰かに乾かしてもらわないと、お仕事できなくなる」

明澄《あけすみ》の声は、喋《しゃべ》れば喋るほど小さくなっていった。最後のほうなんかほぼモスキート音だった。ようやく彼女の言いたいことを理解した時、俺はバカらしくて笑ってしまった。

そんな、俺たち二人の間くらいでしか通じない言語を急に使われても、困る。

思い出す。あの頃の明澄の家を、その生活感のなさを、空虚に響くドライヤーの駆動音を。

「……ごめん、やっぱ忘れ――」

「あのな」

言葉尻を遮ると、明澄は驚いたのか、ようやく顔を上げてくれた。

微《かす》かに潤んだその瞳《ひとみ》に――俺は、精一杯意地の悪い笑みを浮かべて見せる。

「芸能人様が、一般人をホイホイ家に上げていいわけ?」


風呂に入って、しばらくして。明澄が出てきたのは、結局二十分以上後のことだった。

目が合う。その表情は色っぽくて、どうすればいいかわからず、俺はそっと目を逸《そ》らす。

彼女は、不思議と正気を取り戻していた。長時間湯に浸かったおかげだろうか。それとも、単にそう振る舞おうとしているだけだろうか。

薄い肌着と、微かに上気した頰《ほお》。胸のふくらみ。仄かなシャンプーの匂い。

甘い色をした時間。十九歳の女の子の部屋に、二人きり。

まじまじと見たい、と、明澄に気持ち悪く思われたくない、という二つの本音がぶつかる。

「……なに」

「……落ち着いたか？」

「……うん、一応」

俺も未だに微妙な心境のまま、明澄をソファーに座らせた。

テーブルの上には、富士山の天然水……ではなく、リプトンミルクティーの紙パックとストロー。明澄はしばし小難しそうな顔でそれを眺めた後、俺のほうにじーっと抗議の視線を送ってくる。

「マガリ」

「もともとあっただろ。そこに、ミルクティー」

「……もう」

まあ、すり替えた犯人は俺だ。さっきコンビニでこっそり買って、冷蔵庫で冷やしておいた。

多少の気休めにでもなればいい。

明澄はたっぷり二十秒ほど首をひねって、結局パックを開けてストローを挿《さ》した。下向きのまつ毛で目元を隠したまま、控えめに中身をちゅーっと吸い上げている。白い首筋が、髪の合間から覗く。

そっと、柔らかな沈黙が降りる。きっと、お互いに空気は共有していたように思う。

今は、響來《ゆら》のことには触れない。さっき起こった一連の出来事は、話題にしない。

「ねえ。マガリ、友達できた？」

だから、これは彼女なりの無難な話題提供だろう。

「そりゃできるだろ。十九だぞ、もう」

「どんな人？」

「どんなって……そうだな。年中夏男って感じの奴とか、現代思想とか哲学とか齧りまくってるオカルトっぽい奴とか」

俺は脳裏に海《うみ》と佑真《ゆうま》を思い浮かべながら、淡々と語った。明澄《あけすみ》は大したリアクションもくれずに「そっか」と呟くだけだった。お互いに、目は合わせない。

「マガリ、大学とかどこなの」

「いや、大学じゃなくて専門」

「……何かやりたいことあったの？」

「いーや、別に。一流大学目指しても入れる奴は一握りだし、入ったところで人生保証されるわけでもない。……むしろ、肩書きに見合った人生送んなきゃってプレッシャーにもなるってもんだろ。だったら、俺はこっちのほうが性に合ってんの」

脳のシワに刻まれた文字を、そのまま音読した。明澄は唇をすぼめてミルクティーを啜《すす》りながら、つまらなさそうに俺を見ていた。

結局、その日は終電まで明澄と一問一答して、それでマンションを後にした。

——きっと、失望されっぱなしなんだろうな、俺。

静かすぎる下りエレベーターの中で、俺はぼんやりそんなことを考えていた。

*

それから二週間、響來は一度も顔を見せなかった。それが逆に、薄気味悪い。

今までの言動や態度から察するに、恐らく彼女がしたがっているのは、俺や明澄に対する復讐のようなものなのだろう。それがいかなる動機から発して、いかなる手段を以て遂行されるのかは知る由もないが。現状、分かるのはただ一つ。

響來は明澄を刺し、明澄は境童話《さかいどうわ》を演じられなくなった。そんな、信じ難いが、無視もできない事実だけだ。明澄はこの二週間の間にもいくつか収録があったらしいが、なんとかその場しのぎで乗り切ったという。彼女曰く「童話ちゃんの感覚を取り戻す」というよりも「童話ちゃんに似たキャラクターを一から作る」ような感覚で仕事に望んでいるらしい。

「ナオ聞いてる？ ……おーい！ おー————い！」

「うるせーよ」

学校の空き教室。隣で肩をバシバシ叩いてくる海《うみ》に視線を送ると、彼は目を爛々《らんらん》とさせて自分のスマホ画面を俺の目の前にスライドさせた。

「これ、マジですごくね？　未来来てるわ！」

オーバーリアクションに辟易《へきえき》しつつ、俺は横目でスクリーンを眺める。

条件反射的に、一瞬身体が強張《こわば》った。……響來《ゆら》が、いた。

「謎《なぞ》技術　詳細不明」という一行の本文とともにSNSに投稿された動画。動画の中では、薄水色の髪をしたショートボブのキャラクターが、知らない街の歩道橋を歩いていた。人通りの少ない夕方の歩道橋の上で、光が結んだ鮮明な像のように見える彼女の背中は異質さを放っていた。投稿日時は昨日の夜。のわりに、すでに二千三百リツイートとかなり拡散されている。

……自分の見ていない所でも、彼女は動き回っている。不気味な話だ。でも、今のところ他人を刺したりはしていないようだ。それだけが救いというか、なんというか。

響來はそもそも、被写体として動画に映るのだろうか？　もしも映るとして、本来彼女の姿を観測できない八割方の人間の目に、この動画はどう映っているのだろうか？

「なあ海。お前、この動画の中に何か見えるか？」

「何って……女の子のキャラが歩いてる。こういうの、3D映像って言うんだっけ？」

「……そうか。じゃあ、佑真《ゆうま》は？」

「僕も同じ。……っていうか、これ、響來だよね」

何気なく呟いたものだから、思わず聞き落としそうになった。

佑真の口は確かに、その名前を語った。

「お前、ゆ………このキャラクター、知ってんの？」

俺が不自然になりつつ尋ねると、佑真はほんわかスマイルで頷く。

「有名だったし、みんな結構知ってるでしょ？ 僕なんて、ファンだったからね」

「……あー、まあ、結構テレビとか出てたしな。てか、お前ファンだったのかよ」

まあ、よく考えれば不自然でも何でもないか。「響來」がバーチャルシンガーとして人気を博したのだって、まだ二年と少し前の話なのだ。好きだった人間なら当然覚えている。

佑真は腕を組んで、誇らしげに眉《まゆ》をキリっとさせる。芝居がかった動作。

「それも筋金入りのね。なんなら僕、葛藤《かっとう》者代表でライブのステージ上がったことあるもん」

「まじかよ、本物だな」

そのガチさ加減に思わず笑ってしまった。あの頃の響來のライブにはいくつか前衛的な試みがあって、その一つが「葛藤者制度」だった。悩める若者である「葛藤者」を客の中から選抜し、ステージに上げてVRの響來と対峙《たいじ》させる。葛藤者は抱えた悩みを響來に告白し、響來はそれに対して容赦ない言葉を浴びせる。そこには決してお悩み相談コーナーのような甘さはなく、なんなら響來は客を傷つけ、涙ぐませてしまうことすらあった。響來が葛藤者に浴びせる言葉はすべて中の人、すなわち明澄《あけすみ》のアドリブだったらしい。

「なあ、佑真《ゆうま》。………ちょっと話は変わるんだけどさ」

本当はこの話を、第三者に話して少しでも楽になりたかった。でも、と思い直す。響來《ゆら》の亡霊が現れて、俺と旧友に牙を向いて……だめだ。こんな話、信じてもらえる道理がない。だから。代わりに、俺はどうにも摑みどころのない問題を、まとまらないまま佑真に尋ねた。

「キャラクターってさ、なんというか。……いつ死ぬと思う？　……というかさ、そもそも、キャラクターって何だ？」

……何言ってんだ、俺。響來の存在にあてられて、自分まで頭おかしい奴になってる。

絶妙に恥ずかしくて、ちらりと佑真の表情を伺った。

彼は——希望に満ちた眼差しで俺のことを見ていた。その口角が、ゆっくりと上がる。

「おおー。とうとうナオ殿もキャラクター心理学に興味が湧いて——」

「違《ちげ》え！　俺はべつにオカルト学問について知りたいわけじゃ」

「じゃあ現代文化論？　まあ、止められても勝手に語っちゃうけどねー」

佑真は軽快に机をトトーンと二回鳴らすと、母親に褒《ほ》められた子供みたいな顔で笑った。

……しまった。地雷を踏んだ。短く見積もって十五分の演説が始まる。

でもまあ一応、今興味のある話題ではある。少しくらい語らせておいてもいいかもしれない。

「まずはじめに。キャラクターとは何か、と一口に言うのって、ちょっと乱暴なことなんだよね。中には「キャラ」と「キャラクター」を正反対のものとして扱う人もいるくらいで――」

「前置きはいいから」

「もーせっかちだなぁ。まあいいや。じゃあ……とりあえず結論から言えば、キャラとは同一性そのものだっていう人がいるんだけど、大体は僕もそれに賛成なんだ」

「同一性？」

なんだか早くも訳がわからなくなってきた。

「そう。アイデンティティってよく言うじゃん。あれは自己同一性っていって、自分自身を他の人と区別する特徴のことだよね？」

「バスケが上手いとか顔がゴツいとか、要はそういうことだろ？」

「ナオくん百点！　でさ、さっき言った同一性も、大体アイデンティティと同じなの。自分に限らず、それをそれたらしめる特徴、みたいな」

「悪い、急にわかんなくなってきた」

「そうだなぁー」と佑真は周囲を見渡すと、閃《ひらめ》いたように海《うみ》のスマホを手に取る。そして、そこに表示されたままの響來の画像を指差し、話を続けた。

「じゃあ、さっき丁度話題に上がった響來で考えてみよーう。ねえナオ、響來を響來たらしめている特徴って何だと思う？」

「特徴って……そんなの一杯あんだろ。髪が水色。いつもポンチョ着てる。歌声が震えてる」

「他には？」

「他？　妥協を許さない。正しさを追い求めてる。あと、葛藤《かっとう》を愛してる、とか」

「驚いた。ナオって響來《ゆら》に詳しいんだね」

「……べつにいいだろ」

「まあいいや。とにかく、今ナオに挙げてもらったのが響來の同一性。……じゃあさ」

少し低い声でそう言うと同時に、佑真《ゆうま》がスマホの電源を落とす。

「それ全部消したら、響來はどうなるかな」

暗転したスクリーンには何もなく、ただ教室の天井が反射している。

俺は頭の中で、髪が青くなくてポンチョを着ていなくて、葛藤を愛さずに正しさを追い求めない響來を想像しようとした。でも。

「だめだ、全然想像つかねーわ」

俺が言うと、その答えを待ってましたと言わんばかりに佑真は大きく頷いた。

「そう、そのとおりだよナオ。つまり、キャラは同一性の寄せ集めで、言わば同一性そのものだから、それを失うと存在を保てないんだ」

「……なるほどなぁ」

なんとなく、キャラ自体が同一性なのだという話はふんわり理解できた。でも、それなら。

「じゃあ、人間はどうなんだ？」「いい質問です」

佑真はどこぞの司会者の真似をして、話を続ける。

「じゃあ、今度は海《うみ》を例に考えてみよう」

「………え、俺?」

ずっと退屈そうにしていた海が、急に肩をぴくりと震わせる。

「ねえナオ。海の特徴ってなに?」

「金髪。陽気」

「そうだね」

「おいおい俺の特徴それだけかよ」

眉《まゆ》をひそめて特徴どおりのリアクションを取る海を無視して、佑真は続ける。

「じゃあ、その特徴を失くした海を想像してみて?」

俺は再び、目を閉じて考えてみた。すぐに頭に浮かんできたのは、文字どおり陽気じゃなくて金髪じゃない海だった。……でも、なんだか微妙に腑《ふ》に落ちない。

「どう?」

「どうって、……まあ、確かにさっきとは違って普通にイメージできるけどさ」

「そう。どうして同一性を失っても、海は一応存在できるのか。それは、キャラと違って人間には生まれつき唯一性があるからなんだ」

「唯一性?」

聞きなれない単語に、思わず聞き返す。

「そう。人間はちゃんと世界と繋《つな》がっている。たとえば海《うみ》にはお腹を痛めて生んでくれたお母さんがいて、親が付けてくれた名前がある。そんな言葉にできることに頼らずとも、海がたった一人のかけがえのない存在であると証明してくれる要素が、この世界にはたくさん散らばってるんだ。だから、陽気じゃなくなっても海は海のまま。でも、キャラはそうはいかない」

「キャラにはその、唯一性ってやつが無いからか？」

「うん。キャラは世界と繋がれないから、って言った方が分かりやすいかも」

そう言うと、佑真《ゆうま》はさっき落としたスマホの電源を再び入れる。

画面には再び、薄水色の髪の少女が姿を現した。

「たとえば響來《ゆら》が中世ヨーロッパの世界へ転送されたとしよう」

「なんじゃそりゃ」

「まあまあ最後まで聞いてよ。中世ヨーロッパに転送されたとして、きっとそれでも、やっぱり響來は響來なんだよね。周りの人に正しさや葛藤《かっとう》を求めて、震えのある声で歌って、もし奇抜な髪色をヨーロッパ人に咎《とが》められたとしても、きっと染まることはないんだ」

俺はそんな突飛なシチュエーションを想像してみた。まあ、納得はいった。きっと古代に飛ばされようがドラえもんの世界に飛ばされようが、響來は結局響來のまま振る舞うのだ。

「じゃあ、ナオはどうだろう。ナオが中世ヨーロッパに転送されたとしたら？」

「俺？　俺は……うーん、……想像もつかねーなあ」

「僕もだよ。でも、きっと今と全く同じナオにはならない」

まあ、そうだな。周りの友達も違ければ家族関係も違う。学校制度すら違う。そんな環境で生活するとしたら、俺は今より陰気な奴になるかもしれないし、逆もあり得るかもしれない。

佑真は俺の表情を窺《うかが》って、それから続けた。

「それって、今のナオが世界と繋がってできてるって証拠なんだよ。世界と関わり合って、はじめてナオが存在する。でも、響來にあるのは同一性だけだから、どんな世界へ行こうと響來は響來のままだ。人間は変わるけどキャラは変わらない。人間は世界と繋がれるけど、キャラは繋がれないってことだね」

「なあ！　いい加減！　やめろ！　この話！　……暇すぎる」

俺が響來の姿を思い浮かべながら考え込んでいると、海が涙目で割り込んできた。

時計を見る。……気づけば、きっちり十五分彼の演説を聞いていたことになるようだ。

「ごめんごめん。僕も、つい熱が入っちゃって」

海に向かって可愛らしく両手を合わす佑真を横目に、俺はまだ考え事から抜け出せずにいた。

同一性。唯一性。キャラクターが人間を刺す理由。キャラクターが、人間に復讐する動機。

「なあ佑真。もう一つだけいいか？」

テンションが上がっている様子の彼に向けて、俺は一つの仮定を投げる。

「もしこの世に、あらゆるキャラを殺せるモンスターがいたとする。キャラっていうのは響來《ゆら》やドラえもんみたいなのももちろんそうだし、ボケキャラとかいじられキャラとか、そういうのも全部ひっくるめての「キャラ」だ」

俺が真剣な眼差しで問うと、彼は瞳《ひとみ》を少年のように輝かせた。

「いいね。何の思考実験？」

「まあそんな感じだ。……んで、佑真《ゆうま》。お前はある日突然、そのモンスターにぐさりと刺されて、キャラを殺されたとする。その時、……お前自身はどうなると思う？」

響來に刺された明澄《あけすみ》の凍った表情を思い浮かべながら。いつか刺されるかもしれない自分の姿を想像しながら。俺は、少し声のトーンを落として佑真に詰め寄った。

十秒ほどの静寂。それから、彼はぞっとするほど平板な声で、淡々と言ってのけたのだ。

「なくなるんじゃないかな、なにも」

「……なにも、なくなるって」

「本当の自分と作ったキャラって、よく言うけどさ。きっとそんな単純じゃないと思うよ」

何とも思っていないような、まるで常識を朗読するみたいな顔。

「『本当の自分』っていう言葉を保証してるのはキャラのほうだって、実は結構有名な話なんだ。自分は、場に合ったキャラを演じてるに過ぎない。そういう思い込みが、その裏にある本当の自分の存在を信じさせてくれる。保証してくれている」

それから、佑真は清々《すがすが》しい表情で、言い切った。

「だから、きっと僕の中に大したものは残らないよ」

……自分の話じゃないのに、胸の奥がそわそわした。感じたことのない悪寒がした。

そんな。じゃあ、すでに響來に刺されてしまった明澄は、一体どうなってしまうというんだ。

あと、もしいつか俺が響來に心臓を貫かれたとして。

その時、一体俺には何が残るのだろう？

＊

「童話《どうわ》ちゃん、今日の意気込みは？」

「意気込みって何？　わたしは、いつも全力を尽くして闘っているわ」

「…………え、童話ちゃん？」

「それなのに貴方たちはどう？　毎日に簡単に折り合いを付けて、目を逸《そ》らして！」

「……ど、どうしちゃったのかな！　まさかの急なイメチェン!?」

＊

十月も終わり、車窓越しに見る紅葉の葉も徐々に色づき始めてきた頃。

学校終わりに俺がアパートへ帰宅すると、廊下に坊主が背中を向けて立っていた。

坊主の目線の先、彼が対峙《たいじ》しているのは——薄水色の髪の少女。

直接彼女の姿を見るのは、あの公園以来三週間ぶりのことだった。でも、心なしかあの日に感じたような威圧感や恐怖は感じられない。

「よー坊主。何してんの」

俺が声をかけると、坊主はこちらを向いて、すぐに元気な笑みを見せてくれた。

「兄ちゃん久しぶり！　あのね、あれ、アニメの女の子」

「……ああ、アニメの女の子だな」

俺は坊主の指さす方に目を向け、その吸い込まれそうな瞳《ひとみ》を確認する。

そこには殺意も、敵意も、底冷えのする冷酷さもなかった。

「兄ちゃんが飼ってる、アニメの女の子?」

「そう、兄ちゃんが飼ってるアニメの女の子。内緒だぞ?　……で、悪いけど俺、この後すぐあの子に用事あんだ。だから、今日は遊んでやれそうにない」

俺は坊主に向けて両手を合わせて謝ると、すぐに自分の部屋の鍵を開けた。

ここを逃したら、次はいつになるか分からない。何をするかも分からない。

一刻も早く、あいつに釘を刺しておかなければならない。

「響來《ゆら》、ちょっとついて来い」

俺はドアを開けつつ響來に目配せをする。彼女は黙って頷くと、一歩後ろからついてきた。

電気を付ける前の、暗い玄関。何の光源もない闇で、響來の放つ淡い光だけが一輪花のように咲いていている。小さく、息を呑む。無言で見つめ合う。我慢比べするみたいに。

「…………なに」

耐え兼ねて先に声を発したのは彼女のほうだった。俺は、伝えるべきことを簡潔に伝える。

「昼間、明澄《あけすみ》にまた何かしたよな」

「……そうだとしたら？」

「一つだけ、聞いてくれ。……べつに、お前がただこの世界にいるぶんには構わない。でも」

響來の無感情な瞳に、気圧されないように、目は逸《そ》らさず。

「もう、人は刺すな。それと……明澄を早く元に戻してやってくれないか。困ってんだ」

部屋中の空気が無くなったみたいだった。それくらいの、深く澄み切った沈黙だった。

響來の口元が、瞳の形が、悔しそうに歪んだ。

「……どうして。無責任だわ」

「ああ。無責任かもな。でも、お前が明澄にしてることだって無責任だ」

「パパとママがわたしを創ったのに。……なのに、そんなの、無責任だわ」

彼女の声は震えと揺らぎで飽和していた。涙声みたいだった。

「わたしは、葛藤《かっとう》の結晶なのに」

「……？　わけのわからんこと言ってないで、早くどうにかして明澄《あけすみ》を——」

「純粋で切実な葛藤から生まれたのが、みんなのキャラクターなのに」

「だからわけのわかんねえこと言う前に明澄を治せよ！」

「大嫌い」

涙声。

「もう、俺達の前には顔見せんな」

俺は勢いでそう口走った。

雫《しずく》一つ流れないその頬《ほお》を、彼女は複雑な感情で強張《こわば》らせて。

「パパもママも許さない」

響來《ゆら》は、本当に俺の前から姿を消した。

急に、視界が明るさを失う。俺は重い手を動かし、電気のスイッチを切り替えた。

水でぼけた絵の具みたいな鈍い痛みが、体内にじわりと浸透していく。

……なんだ、この罪悪感。嚙《か》み合わなさ。意味不明だ。こちらは被害者なのに。

きっと、あいつが可愛らしい少女みたいなナリをしているから悪いんだ。

あ——、と意味もなく声をだす。考える。でも……考えても仕方ない。

頭から諸々を追い出さなければ。俺はハイボールをかなりのペースで喉《のど》に流し込みながら、開いた手で適当にスマホを操作する。酔いが廻る。身体が軽くなっていく。

……明澄に、響來のことを報告するか否か。

本来、明澄は響來の情報を入れない方が精神的にもいいのかもしれない。でも。

きっと、ずっと何も知らないまま自分のコントロールが効かなくなっているのだって、心底不安だろう。だから、響來に釘を刺したことくらいは言ってもいいはずだ。

≫さっき、響來が家に来た

≫もう明澄に何もするなってのと、明澄を早く元に戻せとだけ釘刺しておいた

≫だから、たぶんもう大丈夫だ

簡潔に送ったラインは、すぐには既読にならない。当然だ。もう、あの頃とは違う。彼女は明澄俐乃《りの》ではなく、日本の大スター童話《どうわ》ちゃんなのだ。

頭ではそう分かっていても、なんだか、それだけの事実が妙にムカついて。

気がつけば俺は、いつの間にか明澄とのトーク履歴を眺めていた。

絵文字やスタンプ一つないその簡素な文面に、思わず笑ってしまう。そういえば、と思い立って、俺は最近のやり取りをスクロールで一気に飛ばし、数秒のうちにあの頃のやり取り履歴にたどり着いた。……なんだ、全然変わってない。なんなら、今より全然無愛想じゃないか。

それでまた、一つ笑みが零《こぼ》れた。その後も、何分もの間下らないやり取りを眺めていた。

……はあ。十九にもなったというのに、俺はまだ明澄《あけすみ》のことが気になって仕方ないらしい。

四年も放っておいて何を今さら、と我ながら勝手だと思う。けれど、事実として俺はこの四年間、彼女のことを忘れたことなどないのかもしれない。四年間、明澄に並び立とうとロクな努力もしないまま、ただ、これが大人になるということだと自分を誤魔化《ごまか》して。

「っと」

突然の着信に驚いた。「明澄俐乃《りの》」とのトーク画面に、明澄からの電話着信が重なる。

「もしもーし」

「……」

「いや、いきなり電話かけといて無言はないだろ」

「ねえ。……マガリ、今日の昼の生放送見た？」

「頑張ってたな」

「……気、つかわなくていい。それより、また練習つきあって」

俺は脳裏に浮かんだ昼間の映像を、必死に隅へと追いやった。

「べつにいいけどさ。……お前、休まなくて大丈夫なわけ？」

「……場所は、ＬＩＮＥでマップ添付する」

「無視かい。ていうか、電話なんだから直接口で言えよ」

「じゃあ、あとで」

切れた。

今日、俺が帰宅したのが七時半。で、明澄から電話来たのが八時半。

こんな遅い時間に一体どこへ呼び出すつもりだ、と不思議で仕方なかったけれど、彼女から送られてきたマップを見たら一瞬で分かった。わざわざ隣県の地元まで呼び出す理由については納得がいかなかったが、まあ、感傷にでも浸りたくなったのだろう。

十時半。一時間半かけて地元の駅まで来ると、すぐに見慣れた無機質なニュータウンが広がった。一年半ぶり。林立するショッピングモールはどれもこれもとっくに閉店していて、唯一映画館の入ったモールの該当階だけが静かに明かりを放っている。

懐かしさと感傷に身をやつしながら、綺麗《きれい》に舗装されたタイルの道を歩く。

街中のエスカレーター。隣り合うような距離で並ぶコンビニ。駅前に広がる、段々になった噴水付きの広場。街の冷たさを隠すように、あちこちで植えられた街路樹。

そして、すぐに目的地の背の低いショッピングモールが姿を見せた。

木の温かみをコンセプトにしたのがバレバレな、如何《いか》にもデザイナーって感じの外観。

ここがかつての、俺たちの居場所。夜中によく集まって、下らない話ばかり繰り返した。

俺は薄暗くなった中央の通路を歩く。一歩、二歩、進む。

やがて、その奥に見えてきたのは、ステンレスのテーブルと四脚の椅子《いす》。その奥側の席に座って、明澄《あけすみ》はうつむき加減に音楽を聴いていた。

はっとした。一瞬、あの頃の居場所なさげにしていた明澄の面影が重なってしまったから。

「はえーよ」

俺が近づきながら言うと、彼女はようやく気付いて、イヤホンを外してこちらを見た。

「マガリ。……来てくれたんだ」

「東京からわざわざな。てか、こんな時間に一人じゃ危ないだろ」

「べつに大丈夫」

何が大丈夫なんだよ、と思いつつ、俺は明澄の向かいの席へ腰を下ろす。シルバー色の椅子は芯まで冷えていて、全身から容赦なく体温を吸い取っていった。

話の切り出しに迷って、俺はなんとなく彼女のスマートフォンを手に取ってみた。イヤホンに繋《つな》がれたままだ。ボタンに触れて、スリープを解く。

──マイルス・デイヴィス『Blue In Green』

ロック画面には、現在時刻とともに再生中の楽曲が表示されていた。

「お前、ジャズとか詳しかったっけ?」

「……いや、べつに」

「だよな。分かる」

俺が共感を示すと、明澄は不満そうに目を細めた。

「分かるってなにが」

「ジャズとかR&Bとか、どっかで一回齧ってみたくなるんだよな。でも、通にはなれない」

「……なんかむかつく」

きっとそういう人種なんだよ、俺たち。あの頃から。

そんな言葉が零《こぼ》れそうになって、慌てて口をつぐんだ。

……べつに、俺と彼女は同類なんかじゃないのだ。最初から、ずっと。

「ねえマガリ」

明澄は俺への不満もどこかへ忘れたように、呟く。

「振子《ふりこ》、まだ聴いてる？」

その目は遠く、通路の向こうに広がるニュータウンを眺めていた。二度と戻らない景色を懐かしむみたいでもあった。

「振子職人《しきと》か。そういえば、あんまし聴かなくなっちまったなぁー」

「……だよね。なんか、もう違うよね」

彼女はそう言って、誤魔化《ごまか》すみたいに笑う。

不意に、胸が疼《うず》いた。彼女はよそよそしい静寂に耐え兼ねたように、「でもさ」と続ける。

「でも、なんか不思議だね。売れた途端に聴かなくなる奴とか、あの頃一番嫌いだったのに」

あまりに優しい声でそう言うものだから、かえって戸惑ってしまった。

生きていくために捨ててきたものを、目の前に並べて突き付けられているような気分だ。

教員不在の保健室。卵型の加湿器と、まっさらなシーツの上。

あの日、そのマイナーさ故に俺たちを繋《つな》いでくれた振子職人《ふりこしきと》は、今や渋谷駅前の巨大看板でミステリアスなポーズを取っている。四年というのは、そういう時間だ。

あまり、心地いい話題ではなかった。今日はそんな話のためにここへ来た訳ではない。

「てか、それよりお前、大丈夫なの。今日、憑《と》りつかれたみたいだったぞ」

俺が本題を切り出すと、彼女は黙ってちょこんと頷く。

「いろいろ、迷惑かけちゃった。……だから、もっと練習しないと、だめ」

……いや。あれは、そういうもんじゃないだろ。他者を糾弾するような口調。番組の進行や雰囲気などまるで気にしない、横暴な振る舞い。的外れかつ攻撃的な発言。

どう見ても異常だった。何者かが境童話《さかいどうわ》を乗っ取って、内側から操作しているみたいだった。

まるで、響來《ゆら》みたいだった。

「あれ、どんな感じだったんだ。もしかして、出演中のことあんま覚えてなかったりするのか？」

「ううん。なんか、普通に覚えてて。……覚えてるけど、自覚あるけど、勝手に身体も頭も、あんなふうに振る舞いたがってるみたいな、変な感じで。……どうかしてるよね」

不安げに、自分の両手を見つめる明澄《あけすみ》。

「いいから休めよ。マネージャーとかに相談すれば、活動休止くらいさせてもらえるだろ」

このまま現状の活動を続けていたら、きっとどこかで彼女は壊れる。俺は人より少しだけ明澄の近くにいるだけだけど、それでも、その身体に内包した歪みが分かる。今の境童話は、曲芸じみたギリギリのバランス感覚で成り立っている。べつに、彼女の性格やメンタル強度云々《うんぬん》の問題じゃない。今回ばかりは、タチの悪い外的要因が絡んでいるのだ。

響來が、彼女を蝕《むしば》んでいるのだから。

「冷静に考えて分かんだろ。今は、無理だ」

俺の断定に、明澄は下から食ってかかるような目でこちらを見る。

「私の都合でスケジュールに穴開けるとか、考えられない」

「この先、もっと迷惑かけることになるかもしれないだろ」

「…………なんとかする」

「具体的に言ってみろよ」

「頑張る」

「真面目に考え——」

「どーわですいえい！」

嫌な熱を帯びた水掛け論に終止符を打ったのは、あまりに投げやりな自己紹介だった。

思わず、目を見開く。明澄は顔を真っ赤にして、潤んだ瞳《ひとみ》でそう叫んだ。

わめくような声がショッピングモールの壁に反響する。睨《にら》む目と、視線がぶつかる。

「ほら。マガリ、早く採点してよ」

「…………あのな」

「どーわですいえい」

「…………はぁ。0点。……うそだ、マイナス40点」

はじめて、その真《ま》っ直《す》ぐなストイックさに苛立《いらだ》っていた。

自分の傷すら顧みないその傲慢《ごうまん》さを、哀れだとすら思った。

「いんじゃないですかね？」

強引に始められた練習は、終始ギスギスしたムードのまま進んだ。

挨拶《あいさつ》と自己紹介。定番台詞。興味なさげな目や眠そうな表情などの態度。そして、即興で求められる達観したコメントの練習。すうっと、心と身体が冷めていくのを感じる。

ざっと一時間弱にわたった童話《どうわ》ちゃん練習は、前回より二倍も三倍も長く感じられた。

それに、やっぱり俺は、このキャラクターを好きになれそうにない。

「もういいだろ、そろそろ」

俺が投げやりに言うと、明澄《あけすみ》は二十秒ほど考え込んで、それから不承不承といった感じで頷いた。なんだか疲れがどっと来て、俺はステンレスのテーブルに上半身をあずける。

「……なあ。なんで、そこまでやんだ」

テーブルにうずくまって、顔も見ないまま。

俺の問いかけに対する答えは、そう経たないうちに頭上へ降ってきた。

「走り続けないと、輝けない世界だから」

「……じゃあ。なんでそこまで、輝きたいんだ。走り続けたいんだ」

今度は、恐ろしく間が開いた。でも、俺が身体を起こそうとした直前、声は降ってきた。

「だってさ、走り続けないとさ。…………いや、ごめん。なんでもない」

煮え切らない。歯切れの悪い答えに俺が顔を上げると、彼女はすでにこの話題は終わったのだと主張するように、頬杖《ほおづえ》をついて自らのスマホをいじっていた。

精巧なドールみたいに完成された横顔。改めて見ると、一般人のそれとは明らかに違う。

「これ、騒がれてるね」

ぼーっと眺めていたら、明澄は自らのスマホをテーブルに置いて、俺に見せてくる。

「これって……ああ。そりゃ、騒がれて当然だろ」

画面には、SNS上の動画付きの投稿が表示されている。

場所は平日の横浜中華街。入り口にある「横浜中華街」と書かれた大きな門の麓には響來《ゆら》が立っていて、この動画の撮影者と短い会話を交わしている。俺の釘刺しなんて、意にも介さずに。

『あなたはどうして、変わっても平気でいられるの？』

「……うぉぉすっげ！　なにこれ、どんな技術？　ねえねえ、君の名前は？」

『わたしは響來《ゆら》。それより質問に答えて。あなたはどうして――』

「え、………うそ、マジで、会話してんじゃん。………え、なに、これ」

『ねえ。あなたたちはどうして、変わってても平気でいられるの？』

終始、そんなかみ合わなさで展開されていく会話。

投稿に付いたコメント欄には「すげー、VRもここまできたのか」「これなんかのイベント？」「多分プロモーションとかだろ」「え、響來じゃん」と様々な憶測が飛んでいる。

「……どうにかしねえとな。……でも、どうすりゃ」

俺がそう零《こぼ》すと、明澄《あけすみ》は遠い目をして画面を見つめる。

「……なにがしたいんだろう」

「目的、か」

何かの復讐、と、ぱっと思いついてしまった目的を弱った彼女の前で言うのも気が引けた。

「響來を見てると、昔の自分に睨《にら》まれてるみたいでさ。怖いんだ」

彼女の言葉は切実で、俺にも身に覚えのある感覚だった。あいつを見ていると、なんというか、十五歳の自分が信じていたものを目の前に突き立てられているような感じがして、それを失くしてしまった自分を嫌でも思い知らされて、後ろめたくなって、怖くなる。

一瞬、沈黙が降りた。それから、明澄は透き通った瞳《ひとみ》で、俺をすっと見つめた。

「でも……ちょっと羨《うらや》ましい」

彼女は憂いを纏《まと》った声で呟く。

「きっとこの子は、考えたこともないんだろうなって。……自分自身が誰だとか、自分が何者なのか、とか。そういう人間臭いの全部なくてさ、ただ響來でいればいいんだもん。正論言って、人に説教して、崇高ぶってればそれでいいんだ」

彼女の声はどこへ届くでもなく、宵闇《よいやみ》の中に溶けていく。

瞳に、寂しげな光が宿っていた。まるで、自分自身にだけ言い聞かせているみたいだった。

明澄は、響來のことを恐れていて、けれど羨んでいて。自分は、我を貫いてブレないキャラクターとは違うと、そう思っている。悔やむような表情で。

「まあ、あいつはキャラクターだからな。人間様とは違うだろ」

「……深海魚も植物も羨ましいけど、私は響來も羨ましい」

「なんじゃそりゃ」

そんな、空気の読めないチャチャを入れて濁すのが精一杯だった。

彼女の言葉の意図するところは、俺にだって、痛いほど理解できた。

だからこそ。理解できてしまうからこそ、俺はその後に続いた彼女の言葉に、必要以上に反応してしまったのだろう。

「……マガリはどう」

「俺、か?」

突然向けられた話の矛先に、驚く。

「マガリももう、そういうのから解放された?」

芯から冷え切った声で、明澄《あけすみ》は無表情に言った。

「あの頃の悩みとか全部捨てて、全部諦めて、上手く生きれるようになってさ。……マガリも、響來《ゆら》みたいになれた?」

「……どういう意味だよ」

互いに、踏み込まないよう守ってきた境界線。それを不意に飛び越えられて、死角から刺されたみたいだった。痛んだ傷口から、唸《うな》りのような声が漏《も》れ出す。

響來みたいになれた? 何も考えない、ハッピーなバカになれた?

いくら脳内変換を繰り返してみても、結局、導き出される解はたった一つに収束する。

……これは、明確な軽蔑《けいべつ》だ。かつて同じ志を抱いた人間に対して吐きかけた唾《つば》だ。

いつの間にか、腹の下が嫌な熱で熱くなっていた。熱はすぐに全身へ、脳へと伝播《でんぱ》した。

……どの口が抜かすんだ。十五歳なんて若さで飛び立って、志を叶えて、高みの席で暮らしてた奴が。俺の四年間の、生きるために変わろうとした四年間の、一体何を知っているんだ。

テーブルの下で、拳をぎゅっと握りしめる。

「どういう意味って、聞いてんだけど」

「まんまの意味じゃん」

明澄は一切揺らぎのない眼差しで、モノでも眺めるみたいに俺を見ていた。

「今のマガリ、ダサいよ。私があの頃嫌いだった誰よりも、ダサい」

「………適当なことベラベラ喋《しゃべ》んなよ。有名人様は他人の生き方にまで口出すか。自分の気に入らない生き方は許せないか。……お前こそ、頭中学生のまま止まってんじゃねえの」

言い切る直前、彼女の目の色が変わって見えた。何かが気に障りでもしたのだろう。

明澄は酷薄な表情を一転させ、唇を甘く噛んで俺のことを睨《にら》みつけた。

そんな些細《ささい》な変化など気にしていられないくらい、こちらも頭に血がのぼっていたが。

「何もしないで、挑戦する前から全部諦めて。そんな自分を受け入れてくれる人間だけ、周りに集めて。……目指すものもなければ、受験も就職もやる前から放棄して」

一瞬、憂いの消えたその鋭利な瞳《ひとみ》から、逃げ出してしまいたくなった。

「そんな生き方のどこを認めればいいの？」

「……あのな」

きっと、この辺りだったと思う。

表面張力ギリギリまで張っていた水面が、途端に破れて決壊したのは。

彼女の言葉じゃない。何者かになった明澄《あけすみ》と、あの日のまま足踏みしている俺と。そういう客観的な構図が、揺らぎようのない明確な立場の差が、余計に心を波立てて決壊させた。

「気持ちはわかるけど、あんま八つ当たりすんなよ」

「…………なんの話」

「きっとさ、お前が生きてる世界には苦しいことが沢山あって、そのせいで傷ついたりするんだと思うよ。泣きたくなったりもするんだろうな」

これは、絶対に口にしてはいけない言葉だ。頭がそう判断した時には、もう遅かった。

「でも、選んだのだってお前だろ。そういう世界に行くって決めたのはお前だろ。……だったら、そういうの全部、お前が自分で向き合うべきなんじゃないの」

——違う。それだけは間違っている。言っていて、分かった。

こんなの、それこそ八つ当たりじゃないか。柔い部分に触れられて逆上した、俺自身の。あの日、不安がる明澄を笑顔で次の世界に送り出したのは、他でもない俺自身なのに。

震える唇で、続く言葉を探していた。何一つとして言うべきことが見つからなかった。

不思議なもので、頭にのぼった熱も全身のこわばりも、一瞬のうちに冷めた。

急に訪れた沈黙。まだ、俺を糾弾する言葉の残響が鼓膜をぐわんぐわんと揺らしている。

行き場をなくして、とっさにスマホに手が伸びた。何かの情報を眺めるふりをして、空っぽな時が過ぎるのを待った。明澄のほうも、それっきり何も言わなくなった。

やがて、肌が外気の冷たさを思い出してくる。同時に、何かを打ち付けるような籠った音が、次々に鼓膜を鳴らした。……ああ、この感覚。音と微《かす》かな匂いが、二度と戻らない記憶を連れてくる。いつの間にか、外では雨が降り出していたようだった。

この場所の、丁度今と同じ席に座っていた。内緒話でもするみたいな、明澄の悪戯《いたずら》な笑み。

目の前でうつむき加減に座る明澄の表情は、被《かぶ》さった髪が邪魔で窺《うかが》えない。

どうして、こんな救えない状況になっているんだろう。

ひとまず、言葉の撤回だけは。絶対的に間違った八つ当たりの訂正だけは。

「いつまでも、そこから動き出せない」

そう思って、俺が謝罪の言葉を口にしようとした瞬間。俯《うつむ》いたまま、明澄は沈黙を破った。

ああ、まだ続くのか。どうしようもない人間に育ってしまった、俺への糾弾。

「自分の言いたいことは言わないし、人にも深くは干渉しない」

勢いを強めた外の雨音が、やけに鋭く響いてくる。

「少しの責任だって負いたくない」

ごもっともだ。

明澄はきっと、俺が思うよりもずっと俺のことを見ていたのだ。能天気に振る舞って。その実、常に逃げ腰で。今だって、自分一人の生活にすら責任を持ちたくない。

だから、本当はすべて彼女の言うとおり――――。

「……でもね」

その時、その凍てついた声色に、迷うみたいな揺らぎが混じった。反射的に顔を上げ、明澄《あけすみ》の表情を確認する。口の端には——悔しそうな笑みが浮かんでいた。

「そんな卑怯《ひきょう》なマガリが、大好きだよ」

泣きそうな震え声で、明澄は言った。

「どうしようもないマガリが、ずっと、大好きだよ」

言葉の輪郭だけが頭をぐるぐると回る。その意味を捉えるのには、長い時間がかかった。

まだ、中学二年生だった。ゴミ溜めみたいな学校生活だった。ゴミ溜めの底ではじめてできた、可愛い後輩みたいなものだった。あの出会いそのものが、俺にとっては神様になった。

彼女が俺に注いでくれた眼差しは、いつだって熱っぽくて、期待や憧《あこが》れのようなものが混じっていて。どんな突飛な提案にも、秘密の共犯者みたいな笑顔でついてきてくれて。

だから、俺も彼女の眼差しを裏切らないようなエンターテイナーでいたくて、愉快な先輩でいたくて、調子に乗って随分とカッコつけていたのだけど。

……けれど、本当のところ、どうだったのだろうか。

——どうしようもないマガリが、ずっと、大好きだよ。

もしかしたら。

本当は明澄は、あの頃からとっくに俺という人間の矮小《わいしょう》さに気づいていていて。

それでもなお、付いてきてくれていたのだとしたら?

「ごめん。マガリの言うとおりだ。全部、私の八つ当たりだ。……だから、忘れて」

「……なんでお前が謝るんだよ。どう考えても、俺が悪かったろ」

急に明澄がしゅんとして謝ってきたものだから、調子が狂った。

こっちはまだ、死にたくなるような情けなさで胸をべたつかせているというのに。

「じゃあ、私もマガリも悪いから、チャラだね」

「………ああ、そういうことにしとくか」

冷めない頭のまま、口だけでそう返した。だけど、強烈な違和感があった。

私もマガリも悪いから、チャラ。…………な、訳ないだろ。

俺にはまだ、一番伝えなきゃならない謝罪が残っているだろ。

「明澄。ごめんな」

俺が言うと、彼女は呆れたように笑った。

「……やめてよ、チャラって言ったじゃん」

「いや、違う。そうじゃない。そうじゃないんだ」

きっと、本当はこんなタイミングじゃない。もっと相応《ふさわ》しい場があるはずだ。それでも、相応しい時なんて待っていたら、いつまでも先延ばしにしてしまうから。

首をかしげる彼女の瞳《ひとみ》を、逃げないように、逃げられないように、射抜く。

「四年も約束守れなくて、ごめんな」


何度も頭の中で繰り返した言葉は、驚くほど簡単に俺の元を飛び立った。

雨音と静寂。時間の流れが、五倍も十倍もスローになった気がした。

明澄《あけすみ》の表情には、ゆっくりと皺《しわ》が寄って。

「………ほんとだよ」

笑い交じりの、呟き。

どこまでも皮肉っぽい笑顔を、彼女は俺に見せる。

それが自然なものなのか、精一杯の取り繕いなのか、判断はつかなかった。

「……ほんと、だよ。私、ずっと待ってたのに」

「俺を、か?」

「思いあがらないで」

明澄はけろっと笑って、俺の手のひらをじゃれるように叩いた。

「待ってたのは、マガリよりもずっとカッコいい王子様だよ」

「王子様って」

「全身真っ白なタキシードで、口にバラの花くわえて、私を連れ出してくれるの」

「……それ、王子様か？」

ふわふわした会話の中にも、いくらかの真実味が宿っている気がした。

それが四年前なのか、響來《ゆら》から境童話《さかいどうわ》になった頃なのか、それとも今なのか。

分からないけど、きっと明澄には、そういう時期があったのだ。

どうしようもなくなって、誰かの救いを待ち望んでいたことが。

……明澄が幸せそうに見えないことぐらい、画面越しでも気づいていたのに。

何年もの間、違和感を感じていたのに。

結局、小心者の俺では王子様になれなかった。

「そろそろ寒いし、移動しようよ。カラオケとか、この辺いっぱいあったじゃん」

掴みどころのない会話のあとで、明澄はそう提案した。スマホで時間を確認すると、とっくに日付は変わっている。指先も足もとっくに冷え切っていた。

「帰る電車もないし、カラオケで始発待つのが妥当だな。……でも」

俺はあの頃と同じ定位置に座る明澄の姿を見て、ようやく外の天気を思い出す。

「お前、傘は？」

俺が言うと、彼女は口を半開きにさせて俺と目を合わせ、気まずそうに目を逸《そ》らした。

きっと、彼女も俺と同じ記憶を思い浮かべてしまったのだろう。

「か、買って来る。コンビニで。近くにあるから」

「いや、べつに」

「大丈夫」

明澄《あけすみ》は凛として、俺の言葉を遮った。

「もう、大人だから」

ちょっと待ってて、と彼女はおもむろに立ち上がった。先にコンビニでビニール傘でも買って来るつもりなのだろう。その華奢《きやしや》な背中が、ゆっくりとテーブルから離れていく。

突然、胸がざらついて、きゅっと締まった。

今行かせてしまえば、それっきり、二度と彼女との距離は縮まらない気がした。

「……待てって」

考えるより先に、伸ばした右手が、明澄の手のひらを繋《つな》ぎ止めていた。

その場に留められた彼女が、不思議そうに、こちらを振り返る。

「金、勿体《もつたい》ないだろ。……それに、俺も傘ないし」

羽織っていたアウターを脱ぐ。

そのまま、俺は何も言わずに接近して——自分と彼女の頭上にそれを被《かぶ》せた。

「べつに年とか関係ねーよ、たぶん」

「……」

「ダッシュな」

すぐ隣で、息遣いが聞こえた。触れた肩口から、体温が伝わってきた。

明澄は至近距離で、きょとんとした目で俺を見て。

「ばっかみたい」

耐え切れなくなったように、吹き出した。

彼女が手うちわで顔をパタパタ扇《あお》いでいるうちに、俺は小さな手を引いて走り出す。

世界が流れる。雨に晒《さら》された、ジオラマみたいな街。濡れた路面に街灯の白が反射して、飴《あめ》細工《ざいく》みたいに艶《つや》めいている。鼻を突くペトリコールが、泣けてくるほど懐かしい。

「明澄、大丈夫か、体力」

「芸能人舐《な》めないで。マガリこそ、息、あがってんじゃん」

上着で閉じ込めた二人だけの世界に、二つぶんの呼吸が鳴る。

水が跳ねる。触れた冷たさで、足元がすでにびしょ濡れなことが分かる。

もつれる足とは裏腹に、気分は勝手に高揚していた。

……純粋に、この瞬間が楽しかった。バカみたいな状況が愛《いと》おしくて堪らなかった。

「ねえ、マガリ」

明澄は上がった息混じりに、呟く。

「……やっぱ、相談してみるよ。お休みもらえるか」

手を下すのなら、それは自分自身なのだと思っていた。

何かを諦めて大人になる。映画やドラマで繰り返し焼き増しされた「成長」。きっと自分にも、いつかそんな時が来るのだろうと、心の奥底では覚悟していた。

でも、現実は違った。

自分で手を下すまでもなかったのだ。

＊

結局、俺と明澄《あけすみ》はその日までに、十四か月で二十三曲を発表した。

Youtubeやsoundcloudをはじめとするサービス上には、季節の移り変わりとともに俺たちの活動の結晶が積もっていった。明澄が〈planter girl〉で俺が〈magari〉、グループとしての活動名義は〈glitter syndrome〉。作編曲はすべて俺が担い、ボーカルは明澄をメインに二人で担当する。宣伝広報は、普段からＳＮＳに強い明澄に大方任せていた。

二人して真面目に中学生をやる必要がなかった分、生活のほとんどを活動に関係することに費やせた。具体的には、授業中には屋上階段で作詞をし、補導時刻ど真ん中の深夜にはショッピングモールで宣伝活動の作戦会議をし、暇を持て余してはスナック菓子片手に伸びているMVの研究をした。そのおかげもあったのだろうか。

中三の冬、同級生たちが受験勉強に躍起になりだした頃には、〈glitter syndrome〉の楽曲は徐々に再生が回るようになり始めていた。もちろん、お世辞にも人気アーティストと言えるような数字じゃない。跳ねて五万再生、普段はせいぜい五千〜一万がいいところだ。それでも、確かな実感が生まれていたのも事実だった。特筆すべき事なんて何も無い中学生だった自分たちの作品を、この世界のどこかで積極的にチェックしてくれている人がいる。

初めて、自分の中にある何かを、力を、信じてみたいと思えた。

初めて、一生消化試合であったはずの自分の未来に、少しだけ期待していた。

自らの将来を掴み取ろうと必死で机に向かうクラスメイト達を横目に、明澄と二人でどこまで行けるのだろうかと、口の端に浮かぶ笑みを必死で押さえた。

「マガリ。これ、スカウトだよね」

一月末の屋上階段。三年生にとっては、自由登校日に切り替わる前の最後の日。

明澄は居心地悪そうな顔でこちらに見せてきたPC画面には、退屈な世界を抜け出すための招待状が、たった一枚だけ届いていた。

『VRシンガー　プロジェクト〈character〉（仮）　について』

Glitter syndromeの公式SNS宛のダイレクトメッセージ。

五秒、十秒、文面を眺めて――全部理解した。理解できてしまった。

それは、紛れもなくスカウトだった。これから始動するVRシンガーの「中の人」を演じて欲しいという依頼だった。中学生相手とは思えないほど畏《かしこ》まった文面には、ひたすら機嫌を取るようにGlitter syndromeの日頃の活動に対する賛辞の限りが尽くされていた。

Glitter syndromeの、？　…………違う。全然違う。

本当に、語彙力の限りを尽くして構成されていたのは。

Glitter syndrome、じゃなくて、Glitter syndromeのplanter girlに対する称賛だった。

明澄《あけすみ》俐乃《りの》に対する称賛だった。

唯一無二の歌声だ。震えを孕《はら》んだ声質に鳥肌が立つ。その不安定さは、今回の企画のコンセプトにこれ以上ない程に合致している。

一緒にやりませんか？　と誘われたのは明澄で、スカウトされたのは当然のように明澄一人で、気が遠くなるほど長い文面のどこにも、俺の名前はなかった。

「ああ、スカウトだ。良かったな、時代がようやくお前に追いついたんだろ」

思ったよりもずっと自然に、そんなセリフが吐けた。

二人組として、一年以上世界に発信し続けて。

その結果、片方だけが業界に、輝く世界に見出された。

……その意味くらい、どんなバカにだって分かるだろう。

微笑を作って明澄を見る。俺以上に浮かない顔をしていたのは、なぜか彼女のほうだった。

「どした？ もっと喜べよ。……お前、ずっと言ってたろ。普通の奴に埋もれないような、輝ける何かになりたいってさ。こんなチャンス、そうそうないぞ」

「……」

「何か不満か？」

「マガリが、決めてよ」

明澄は下を向いたまま、絞り出すみたいに言った。

だらんと降りた腕の先で、小さな両の拳は強く握られている。

「……マガリが行くなって言うなら、行かない。マガリが二人でやりたいなら、私、断るつもりだから」

……………………ふざけんなよ。

そうぶちまけそうになって、慌てて、こみ上げた熱を喉《のど》の奥に押し込めた。

二人じゃないなら、断る？

そんな甘えた選択肢が存在しないことくらい、お互い分かっているはずだろうが。

お前には光るものがあったから、見出された。俺にはなかった。それだけだ。

何かになりたい。ここではないどこかへ行きたい。

もともと、たったそれだけの共通点で始まったのが俺たちなのだ。目の前に垂らされた光を摑まないなんて、許されない。あってはならない。何より、俺は明澄《あけすみ》にそうあってほしくない。

傍で見ていたからこそ、痛いくらいに分かってしまうのだ。

明澄はどこまでも切実に、俺なんかよりもずっと真剣に、遠くへと羽ばたきたがっていた。

「眠たいこと言ってんな。ほれ、いいからビッグになってこいよ」

だから、俺はいつもどおりのおちゃらけで彼女の肩を叩いた。

その肩が、ぴくりと怯《おび》えるように震えた。

吹けば飛んでしまいそうなほどか細い存在感で、明澄はただ立ち尽くすばかりだった。

「……なんだよー。そんなに不安か?」

らしくないな、と尋ねると、ようやく彼女は潤んだ瞳《ひとみ》をこちらに見せてくれる。

「だって、さ?　ずっと二人でやってきたから」

洟《はな》にかかった震え声は、今にも泣きだしそうで。

「だから…………なんか、変な感じじゃん」

……まあ、そうか。当然か。新しい世界に一人で飛び込むのは、誰だって不安だ。

本当は、彼女の気が済むまで寄り添ってやるべきなのだろう。不安が消えるまで。もしくは、不安を含めたすべてを吹っ切るまで。

でも、生憎できそうになかった。一刻も早く、俺は明澄の前から立ち去りたかった。

——お前は不要だ。

世界からそう突き付けられた事実に、こっちだって目の奥が熱くなって、堪えるので精一杯なんだよ。その顔を見るたび、自分の情けなさに泣きたくなるんだよ。

「明澄、約束だ」

俺は極力優しい声色を作って、彼女の左手を取った。

その潤んだ瞳が、弾かれたように見開かれる。ひとつ、目配せをする。

「どうせ、半年もすれば俺もビッグな奴になってんだろ。だから」

この体温を感じられるのも、これで最後だ。

「次に集まるのは、お互い何かになった時にしようぜ」

大丈夫、すぐ迎えに行くさ。笑い交じりにそう言って、俺は手を離した。

明澄は泣いていた。


それは、彼女の傍から逃げるための口実だった。守るつもりもない、最低の約束だった。

一人で遠くへ行く彼女の輝きにあてられて、笑っていられる自信が俺にはなかった。

すっかり宵闇《よいやみ》に覆われたニュータウン。

舗装されたアスファルトを踏みしめながら、何もかもが悔しくて、情けなくて、一生分泣いた。馬鹿馬鹿しくなって、どうしてこんなに泣いているんだと理由を考えていた。

二秒で分かって、ろくな暇つぶしにもならなかった。

俺はこの一年間、柄にもなく期待したのだ。気づかぬうちに、期待しすぎていたのだ。

傍から見れば不良品でしかない自分という人間に、酔って、甘い幻覚を見ていたのだ。

そして、倍の痛みを以て思い知った。

一月三十一日。その日、七曲《ななまがり》成央《なお》は自分に期待することをやめた。

そう決めた瞬間、まるで憑《つ》き物が落ちたみたいに、身体と心がすっと軽くなった。


後日、明澄《あけすみ》からLINEで相談が来た。例のスカウトに関する内容だった。

どうやら例の企画はいろいろと前衛的な試みが多いらしく、その手始めとして、そもそものVRシンガーのキャラクター自体の原案を、多感な時期の演者本人に考えさせるというものだった。本来は決められた企画のキャラクターに合った人間に演者をオファーするのが普通だろうが、今回の件に関してはキャラクターのデザインはおろか名前すら決まっていないらしい。

マガリが考えてよ。

相談の内容は、要約すればそんなところだった。演者本人じゃないと意味がないだろうと反論しつつも、なぜか明澄の意志は頑なで、結局は俺が折れることとなった。

きっと、彼女なりに思うところがあったのだろう。「二人で創る」ということに対して。

あんな約束をしてしまった手前罪悪感もあり、俺は紙とペンを前に、真剣に頭を捻った。

……嘘《うそ》だ。正直、心の底では、どうにでもなれと思っていた。

取り憑かれたように、俺は徹夜でそのキャラクターを練り上げた。

俺が理想としたもの。美しいと思っていたもの。正しいと願っていたもの。

幼さが故に、手が届くと勘違いしていたすべて。

これから一人の人間として生きていくために、置いていかなければならない信念のすべて。

両手一杯のそれらをぎゅっと押し込めたら、ノートの上には一人の少女が生まれた。

それは、あまりに痛々しくて、触れたら怪我でもしそうな。

十五歳の結晶だった。

こいつに全部押し込めて、区切りにして、俺は前に進むのだ。

響來《ゆら》。

俺はノートの上に佇《たたず》む少女に、そう名付けた。

Chapter 3

The brightest star in the constellation of Characters

心地いい揺れの中、まどろみの渦に吸い込まれかけていた頃、スマホに一件の通知が来た。

『うちのマネージャーがマガリに会いたいって』

目を疑う。でも、何度読み返したところで、文章の意味が変わるわけでもない。

明澄《あけすみ》から送られてきたメッセージ内容は、彼女のマネージャーが俺と話をしたがっているというものだった。でも、どうして何の面識もない俺と?

そんな疑問に答えるかのように、明澄から追加のメッセージがいくつか届く。

要約すれば、彼女のメンタル面のケアに役立てるために、彼女とプライベートで交友のある身近な人間からいろいろと話を聞いてみたいのだという。片っ端から聞き回っているようだ。

それにしたって芸能界のことなんて右も左もさっぱりな俺のところにまで飛んでくるのは、仕事熱心すぎやしないだろうか。不審にこそ思えたが、別にこれといって断る理由もなかった。

それに、この四年間明澄の傍で支え続けた人がどんな人間なのが、正直興味があった。

結局、俺は明澄のマネージャーさんと会うことになった。


先にドリンクバーだけ注文して、煙井《たばい》さんが来るのを待つ。

指定された場所は何の変哲もない都内のファミレス。明澄の事務所がある街の最寄り駅から、歩いて二分ほどの場所だ。律儀に交通費まで出してくれるらしい。

「……………ふう」

意味もなく、自分が緊張しているのが分かる。指先や膝《ひざ》のあたりがそわそわして、妙に落ち着かない。一度深呼吸してみたが、分かったのは自らの息が浅くなっていることくらいだった。

そして、足音ひとつ立てず、男は俺の前に現れたのだ。

「あれれ、待たせちゃったかな?」

ふわふわした口調と、耳触りの良い穏やかな声音。思わず、その存在感に見上げてしまった。

「……いや、今来たとこっすよ」

その佇《たたず》まいとオーラは、水辺の美しい鶴を連想させた。

百八十センチはあるだろうスラリと伸びた体軀《たいく》と、中性的で線の細い顔立ち。真っ白に漂白された髪にはライムイエローのメッシュが細かく入っていて、両耳には女性的な長細いイヤリングが揺れている。まるで年齢が推測できない容姿。彼の周りだけ時間も音も緩やかに流れているような、そんな妙な錯覚をさせる雰囲気を持っていた。

この人が、タレントでもアーティストでもなく、マネージャーなのか。

「はじめまして。わたくしこーゆう者でして」

彼は俺の向かいに腰を下ろすと、ごっこ遊びでもしているみたいな楽し気な口調で言って、俺に名刺を差し出してきた。つい、こちらも両手で恭しく受け取ってしまう。

「って、ふふっ。もう知ってるか」

煙井　響《ひびき》

シンプルなモノトーンの名刺にはそんな名前とともに、彼が明澄《あけすみ》の事務所の社長兼マネージャーである旨が書かれていた。

「マガリくん、だよね？」

突然人生でたった一人にしか呼ばれたことのないあだ名で呼ばれて、戸惑う。

「……ですけど。それ、明澄が言ってたんですか」

「うんうん。昔はよく、マガリくんのこと話してくれたからねぇ」

あ、マガリくんも好きなもの頼んじゃっていいよ。そう言って煙井《たばい》さんは店員を呼ぶと、山盛りポテトを単品で注文した。とても爽やかなのに、どこか妖艶《ようえん》さを孕《はら》んだ笑顔だ。

昔の明澄がこの人に、俺についての話をしていた。そんな光景を思い浮かべ、俺は何とも言えない不思議な気分で胸を満たしていた。

「あの、一つ聞いてもいいですか」

俺は摑みどころのないその横顔に話しかける。煙井さんはちょこんと首を傾げて、それから何も言わずに口角を上げた。

「俺、明澄とは何年も連絡とってなくて。で、最近やっと再会して、ちょくちょく会ったりしてるんすけど。……その、煙井さんはどうして知ってるんですか。俺と明澄が最近連絡取ってること知ってるから、俺に会いに来たんすよね」

明澄は、自らのプライベートについてあまり話したがる人間ではないはずだ。

いくら二人三脚でやってきたマネージャーとはいえ、直近の出来事をわざわざ積極的に喋《しゃべ》りたがるとは思えない。学校の出来事をいちいち親に報告したがる小学生でもあるまいし。

俺が尋ねると、煙井さんの華やかな瞳《ひとみ》が三日月状に細められる。

「どうしてって……だって、境《さかい》に聞いたんだもん」

「境」という響きに一瞬違和感を覚えるも、すぐにそれが「境童話《どうわ》」のことだと理解する。

「彼女、最近ちょっと感じが変わったから。だから、誰かの影響だったりするのかなーって思ってさ。で、問い詰めたら、マガリくんと再会したこと教えてくれて」

「問い詰めたって………」

家族会議じゃないんだから。……もしくは刑事と容疑者の取り調べの絵も浮かぶ。

煙井さんは相変わらず、風に飛ばされる綿毛みたいに軽やかな微笑《ほほえ》みを浮かべている。その表情が少しだけ、狂気的なものに映った。

五分もしないうちに山盛りポテトが来て、俺は何もかもがつかめない煙井さんとの距離を測りかねながら、一本ずつ細長いカロリーの塊を胃に流し込んだ。煙井さんは五本くらいを一気に摑んで、限界までマヨネーズの海を泳がせてからポテトを口に押し込んでいた。ノンストップで、彼は同じ食べ方を繰り返す。美形で笑顔の素敵な、そういう類いの妖怪みたいだった。

「マガリくん、意外といい顔してるよねぇー」

うちの事務所入る気ない？　と煙井さんは思ってもいないことを口走りながら、延々に俺と世間話をしたがった。昨今の音楽不況について話したかと思えば、世間を騒がせる政治汚職について散々に批判し、挙句の果てには俺に若者の流行りものを問うてくる始末だった。

後は、明澄《あけすみ》の今後のスケジュールについても少しだけ教えてくれた。どうやら、いつか彼女が言っていた、境童話《さかいどうわ》の「役者進出計画」は本当だったらしい。すぐに業界デビューするのではなく、「ちゃっかり何でもできちゃうスーパータレント童話ちゃん」のイメージを残すためにも、来年の二月くらいから半年ほどプロの演技指導者を付け、合宿形式で役者としての技量をみっちり磨いた後にドラマデビューを果たす算段だそうだ。きっと裏では、とんでもない数の大人が動いているのだろう。とはいえ、当の明澄本人があの状態ではとても厳しそうだけど。

「あの、そろそろ本題行かないんですか」

「本題?」

「俺に明澄のこと聞きに来たんでしょ、確か」

「あー。……ふふっ」

タイミングをみて俺が切り出すと、煙井《たばい》さんは本気で忘れていたとでもいうふうに、目を丸くしてアホっぽく口をあけた。

「そうだったね。じゃあー……とりあえず、最近マガリくんが彼女について、何か変だなって気づいたこととかある?」

「そりゃ、誰でも気づくでしょ。明らかに境童話としてキャラ崩壊してる。初めのほうは違和感くらいでしたけど、最近の昼の生放送とかはもう……誰かに乗っ取られてるみたいだし」

響來《ゆら》、という単語が口をついて出そうになって、慌てて言葉を呑み込む。

うんうん、と煙井さんはなだめるみたいな相槌《あいづち》を打ってこちらの話を聞いていた。

「ほかには何かある？」

そう聞かれて考えては見たものの、結局、いくら俺が明澄と会っているからと言って。

「いや、すいません。正直、……たぶんテレビ越しに見てる一般人と同じようなことしか言えないっすよ？　俺、あいつと二か月前に連絡取り始めたばっかだし」

「そっか、うんうん」

彼は俺の言葉に落胆するでもなく、淡々と優しく頷いて。

「じゃあ、この話はおしまいにしよう」

春の花のような笑顔を咲かせた。

「…………え」

終わり、って。だって、この人は今日わざわざ、俺に明澄のプライベートについて聞きに来たんじゃないのか？　客観的な視点を得て、タレントのメンタルケアに役立てるために。

あまりに安らかな煙井さんの表情に、背筋がすっと冷えていくのを感じた。

彼はこちらの反応など意にも介さない様子で微笑し、

「じゃあ、そろそろ本題に移ってもいいかな」

ガラス細工のような両の瞳《ひとみ》で、俺の両目を射抜いた。

その瞬間初めて、彼が本当に俺のことを見たような気がした。

「なんも、聞いてないですけど」

「うん、言ってないもん」

煙井《たばい》さんは優雅にフライドポテトを咀嚼し、とん、と机上を一度指先で叩く。

「境《さかい》がさ、ボクに言ってきたんだよ。活動をお休みさせてくれないかって。これって、あってはいけないことなんだ。だから、マガリくん、何か知ってるかなって」

「いけない、こと？　……いや、でも。どう見ても、あいつは続けられる状況じゃないでしょ」

道徳の教科書を朗読するみたいに淡々と放たれた彼の言葉の意味が、俺には全くわからなかった。明澄《あけすみ》の調子が限界なことなんて、プロじゃなくても誰でも分かる。

怪訝《けげん》な態度のこちらを宥《なだ》めるように、そうだね、と煙井さんは柔らかな相槌《あいづち》を打つ。

「うん、ボクも活動休止自体には大賛成なんだ。彼女もだいぶまいっちゃってるし、一か月や二か月の休養は妥当だよ。……でもね」

彼は言葉を止めて、蝶《ちょう》のように長いまつ毛を二回しばたたかせる。

「問題は、それを彼女自身が提案してきたことなんだ」

「……どういう意味ですか」

タレントが社長の判断の前に口出ししてはならない。そういう下らない上下関係の話では、どうやらなさそうだった。彼の耳元で、ゴールドのイヤリングが揺れる。

「ボクはね、境の魅力のすべての源泉はそこだと思ってる。輝きの理由はそこにあると思っている。そこを買って、ボクも二人三脚で頑張ってきたんだ」

決して大きくないボリュームなのに、いやに明瞭に通る声。

「彼女の根源にある魅力は、顔でも、希少な歌声でもないよ。彼女を彼女たらしめているのはね、ただの姿勢なんだ。……限界まで努力する姿勢。痛々しいまでのストイックさ。危うさと紙一重の真剣さ」

彼は、数分前までとは別人みたいに、怜悧《れいり》な目つきをしていた。

「何をするにもそういうのが滲《にじ》み出ていて、結果的に彼女を輝かせている。ティーンの子たちを引き付ける。実際に、響來《ゆら》はＶＲシンガーの垣根を超えた女の子になった。童話《どうわ》ちゃんだって、あと一年もすれば替えの利かない国民的な存在になるだろうね」

声に宿った気迫に、口を開くことも許されない。

いつかの昔、「闘ってる奴が一番偉くて美しいんだよ」と俺に断言して見せた明澄の華やかな笑顔が浮かんだ。思えば、彼女はずっとそうだった。

「だから――彼女が自らその姿勢を否定するようなことは、絶対にあってはいけない。たとえ一時の気の迷いであっても危険だ。彼女は本来、足を骨折しようが四十二度の高熱を出そうが、無理を割って『行かせてください』って言える側の人間なんだよ」

……だから、って。

「でも、境《さかい》はボクに活動休止を申し出てきた。何となくわかるよ。たぶん、彼女の意志を揺るがせた誰かがいるんだろうね。………だから、犯人に心当たりとかないかなって」

口元に、聖人みたいな笑みを貼り付けて。

煙井《たばい》さんは、責め立てるような目で俺を睨《にら》んだ。内側をえぐり取られるみたいだった。

「なんか、………それ、勝手じゃないっすか」

絞り出すように、なんとかそれだけが言葉になった。

うまく思考がまとまらない。この人が、明澄《あけすみ》を四年間傍で支え続けたマネージャーで、明澄を煌《きら》めくステージに届かせた立て役者で。……それなのに。

恐ろしく、冷たい。

――たぶん、年中タレントのことしか考えてないよ、あの人。

いつだったか、夜のブランコに揺られて明澄がそう言っていた。……ああ、ほんとだ。

この人は、境童話《タレント》のことしか考えてない。

明澄俐乃《彼女》のことなんて、微塵《みじん》も考えちゃいない。

俺は真っ直《ま》ぐ《す》に見据えて、煙井さんを睨み返す。

「じゃあ、それで明澄が精神壊しておかしくなっても、どうでもいいんですか。無理して活動続けて、失敗して、もし一生のトラウマになったとしてもどうでもいいんすか」

意図せず、声に棘《とげ》が纏《まと》わりついた。胃の底が嫌な熱で熱くなっている。

煙井さんは少し目線を下げて、憐れむように笑った。

「マガリくんは優しいんだね」

「……どういう意味っすか」

「マガリくんは、本当に優しい子だね」

それは、綿の上に優しく子供を寝かせるみたいな言葉の置き方で。

その言葉は、きっと多分に憐憫《れんびん》と軽蔑《けいべつ》を含んでいて。

どうしようもなく、苛ついた。

「さっきも言ったかな。昔は彼女の口から、マガリくんの名前をよく聞いた。楽しそうにね」

彼は自らの雪色の髪を、二本の指で憂鬱《ゆううつ》そうにいじくる。

「でもね。ある日を境に、全く聞かなくなった。マガリくんは、それ、どうしてだと思う?」

透き通るその瞳《ひとみ》と、目が合う。……回りくどい。知ったことじゃない。

「そりゃ、時間が経ったからでしょ。俺、四年もあいつに会ってなかったんですから。半年や一年もすれば、人間だんだん忘れてくんじゃないっすか」

「ボクはそうは思わないけど」

言葉が遮られる。

彼は無知蒙昧な子供を諭すように、やんわり目を細めて俺を見た。

「思春期の一番繊細な時期に、たった一人だけ寄り添ってくれた男の子。……そんなの、忘れられるわけがないでしょ。……だから、答えは簡単」

今度は、その瞳《ひとみ》が攻撃的に細められる。

「彼女自身が、キミを忘れると決めたんだ」

「……」

「キミとの優しい記憶を捨てて、キミのいない世界で戦っていく。そう覚悟を決めたんだ」

誰よりも輝くためにね、と煙井《たばい》さんは愛《いと》おしそうに言った。

「……いや、もし、そうだとしても。……それとあいつの調子とは別の話じゃないすか」

「マガリくんは、ほんとに優しいね。……でも」

それは、真冬のステンレスみたいな、底冷えのする声だった。

「傷付く覚悟をした人間に優しい言葉をかけるのは、世界で一番残酷なことだよ」

触れれば指を切りそうな、鋭く凍てついた沈黙。

何かが、心の奥底で揺らいでいた。その感触がわかった。

いくつかの風景が、明澄《あけすみ》の表情が、眼前に浮かんでは消える。

誰の目もないプライベートで、童話《どうわ》ちゃんの好物を淡々と飲み干す彼女。

「彼女は、痛みが前提の世界で今も戦い続けてる。輝くために。キミと、違って」

調子を崩したその日のうちに、夜の児童公園で童話ちゃんの練習を繰り返す彼女。

「中途半端に会って、中途半端に優しくして。マガリくんはそれが正しいと本当に思ってる?」

夕暮れの保健室で、ダサい連中に負けまいと、必死で教科書に向き合っていた彼女。

俺は。……今俺が明澄にしていることは、果たして本当に正しいのだろうか?

四年間必死で輝き続けてきた明澄の傍で、弱っているところを中途半端に気遣って、考えもなしに活動に口出して、……何の責任も負えないくせして。

「べつにボクは童話ちゃんっていうキャラクターに固執してるわけじゃない。キャラクターなんて使えなくなったら捨てればいいんだから。だから、そうじゃない。ボクが固執してるのはね、明澄俐乃《りの》という一人の女の子の才能だ」

煙井さんは滔々《とうとう》と語る。

「どちらにしろさ、しばらく繊細な時期が続くと思うんだ。だから当分の間は、あんまり境《さかい》と仲良ししないでもらえると嬉《うれ》しいかなーってね」

気が付いた頃には、煙井さんは元どおりのふわふわした雰囲気に戻っていた。

それから十分や二十分、他愛もない会話を交わしたのだと思う。けれど、内容はほとんど覚えていない。考え事をするでもなく、ただひたすらに呆然としていた。

ぼうっとしている間に、気付けば俺は、彼とLINEまで交換させられていた。

「じゃあ、今日はありがと。マガリくんも気を付けて帰ってね」

ばいばい、と小さく胸の前で手を振って、彼の背中が遠ざかっていく。

テーブルの上には、タクシー代と言って一万円札が一枚残されていた。

*

スマホのマップ機能とにらめっこしながら、俺は現状について思いを馳せる。

結局、明澄《あけすみ》の活動休止については拍子抜けするほど簡単に進んだ。今でも公式のSNSにだけは一日一投稿、何気ない写真（空や天然水や当たり付き菓子のハズレ）とともに生存報告がされているが、これだって本当に彼女本人の手によるものかは怪しいところだ。

休止が決まった後の明澄はといえば、全くと言っていいほど以前と何も変わらなかった。だから、俺も何も変わらないように努めた。

ＬＩＮＥで、半年後にキそうなイカしたバンドの情報を交換しあったり。

夜中に強行して、飲み屋街のラーメン屋に突撃してみたり。

遊びはこちらの提案である場合もあれば、突然彼女から電話がかかってきたりもして。

——当分の間は、あんまり境《さかい》と仲良ししないでもらえると嬉《うれ》しいかなーってね。

罪悪感は常に付きまとっていた。明澄の隣にいるべきなのは俺じゃないのではないかと、何度も繰り返し疑った。でも、……結局会うのをやめられなかった。

俺は単に、彼女の隣で過ごす時間に魅せられていたのかもしれない。

だから、俺は極力以前と変わらないように、彼女と関わり続けた。ある一点を除いて。

——傷付く覚悟をした人間に優しい言葉をかけるのは、世界で一番残酷なことだよ。

小さな棘《とげ》が刺さっていた。鬱屈とした自問自答だけが高く積み上がって、結局答えはいつまでも出ない。考えるたびに、自分の頭の悪さに驚く。でも、少なくとも。

中途半端に明澄の活動に口をはさむのは、彼女の努力と傷を否定するような優しい言葉をかけるのは、きっと間違いなのだ。そんな資格は、戦わない人間に与えられていない。

だから、俺はあの日以来、彼女の活動に関する話題だけは一切口にしないことにした。

『どうして、平気で変わってゆくの？』

明澄との待ち合わせ場所。スマホのスピーカーから急に音が漏《も》れ出して、慌てて音量を下げる。周囲に人はまばらだったから、幸い白い目は向けられずに済んだ。

板張りの縁側に並んで座る人々と、波打つ模様が描かれた砂と石の庭。そんな厳かで風情ある庭のど真ん中で無遠慮に立ち尽くす、立体映像らしき薄水色の髪の少女。

SNS上の知らない誰かの投稿の中では、大きく身振り手振りをつけて街ゆく人に声を掛ける響來《ゆら》がいた。ここは——京都の龍安寺の石庭だろうか？

彼女はあれ以来、本当に俺のもとへは現れていない。聞いたところによれば、明澄のところへも一度も来ていないようだった。その代わりにこうして、響來は定期的に拡散されている。

横浜中華街、新宿の歩道橋、長崎のハウステンボス。全国各地で誰かに観測されては、彼女はSNS上にアップされ、拡散されて、一時的に話題を攫う。

初めのうちは、というか現在においても、世間の大方には大掛かりな何かのプロモーションだろうという説が有力視されているようだ。響來《ゆら》の元ファンからは復活を期待する声も上がっている。これは、二年前中断したプロジェクトの再始動に向けた話題作りなのだと。

しかし、今回の石庭事件でまた変わってしまうかもしれない。

今回の投稿のリプライ欄を覗いてみると、「企業のPRの一環だとすれば、こんなイメージダウンに繋《つな》がりかねないマナー違反はしないはず」という推測が複数のアカウントから寄せられていた。漠然と、したたかな恐怖が腹の中をうごめいている。

それに、と。俺は実感を込めて一般大衆に対し思う。

そいつはPRでもなければ、きっと精巧な立体映像でもない。そいつは、生きてる。

訳も仕組みも分からないけど、ちゃんと生きてんだ。間違いなく。恐ろしいことに。

『あなたはどうして、変わっていくの』

冬の朝みたいに澄み切っていて、不安定な揺らぎを孕《はら》んだ声。

その瞳《ひとみ》が、なぜか少し寂しげに見えてしまった。

響來が投げかける言葉は、ニュアンスこそ違えど内容は一貫していた。全国各地で、子供からおばあちゃんまで、彼女が投げるのは決まってそんな問いだ。

根拠は全くないけれど。彼女は何か目的があって、そのために何かを強く知りたがっているのではないか。響來の存在が広まっていくのを目にするたびに、俺はいつしかそう思うようになっていた。たとえ根拠はなくとも、真剣さや切実さには一定の説得力が宿る。

……きっと、響來にはまだ何か目的がある。そう、直感が言っていた。

「よ、マガリ」

そんなぐるぐると巡る思考も、その声一つで吹き飛んでしまう。

「……すごい変装だな」

顔を上げると、そこには帽子に眼鏡にマスクにと変装全部盛りの明澄《あけすみ》が立っていた。

そんなんでもなお、バレてしまうんじゃないかと心配になるくらい、明澄は可愛い。

「しょうがないじゃん。それより、いこ？　エンタメ見学」

「ああ、エンタメ見学な」

そう言って、駅に乗り込む俺達。

お互いに、何か口実がないと会えないくらいには、臆病で。

だから、今日は「いつか役者として舞台に立つかもしれない明澄と一緒に、エンタメの国でショービジネスの在り方を見学する」という回りくどい名目をつけて遊園地に遊びに行く。

ほんと、理由なんてどうでもいい。少なくとも俺は、少しでも罪悪感なく明澄の隣にいたいだけの、どうしようもない奴なのだから。

移動に二時間かけて、いよいよ開場前の待機列に俺達は紛れ込んだ。

俺は隣の、帽子にマスクに変装ばっちりな芸能人さんに尋ねる。

「なあ、明澄《あけすみ》。ショーって何時からだったか？」

明澄はるんるんな様子で答える。

「夜の七時だよー。そんなことも忘れたの？　マガリい」

「ちげーよ。俺が聞きたいのはな」

たった今開場がスタッフによって告げられ、動き出した待機列に押されるように進む。

「なんで目的のショーの九時間前の開場から来てんのかってこと」

「しらない！」

「知らないって、お前な」

「なんだかんだ、マガリも来てるじゃん」

「俺は、明澄様のプランを全面信頼して従ってるだけでな」

「ひきょーマガリだ」

「悪かったな」

まあ、正直に白状すれば、すでにめちゃくちゃ楽しい。

変装ひとつで気付かれていないだけの明澄と、こそこそ人並みを移動する。俺にだけ笑いかけてくれる明澄。それだけで、なんだかわくわくしてしまう。

自前のキャラクターのポップコーンケースを首からぶら下げた彼女は、変装していても周りにいるどんな女の子よりも可愛かった。自由にこの時間を楽しんでいるのに、なぜか一挙手一投足に品があって。男勝りなのに、誰よりも女の子していて。

列が進み、俺たちは二人仲良くゲートをくぐる。

「じゃあ」

「ダッシュだな」

俺たちは目配せをして、それぞれの方向へ走り出した。目的はVIPチケット。規定の時間にアトラクションに行けば並ばなくても乗ることができる魔法のアイテム。チケットはそれぞれのアトラクションごとに設定されていて、該当のアトラクションがある場所に行かないと取ることができない。そのため、必然的に開場ダッシュがこのパークの風物詩になっている。でも。きっと、俺たちは大丈夫だろう。ダッシュなんて、あの頃何十回とやってきたのだ。

「余裕、はぁ、だ、な」

「余裕、はぁ、だ、ね」

俺達は最初に乗る予定のジェットコースターの前で無事合流する。手分けした明澄のほうも、無事チケットを取れたようだ。もちろん俺も。

「余裕な、割に、はぁ、マガリ、息あがってるよ」

「それ、を、はぁ、息切らしながら、言うなよ」

なんだかおかしくて、二人して、くすくす笑ってしまった。

それから、最初のアトラクションの待ち時間（ここはＶＩＰチケット取ってない）と言う名の休憩を挟み、俺たちは満を持して、最初のコースターに並んで乗る。

「明澄《あけすみ》……って、え、大丈夫なのか？」

「もうバレないよ、きっと」

変装を解除して、ばっちりメイクした明澄が姿を現す。しー、っと唇に人差し指をあてる。きらきらした瞳《ひとみ》。どうやらアトラクションに乗るときだけでも素顔でいたいようだ。

やがて、アトラクションが動き出し、俺たちを乗せたゴンドラがゆっくりと山を登っていく。

「マガリって絶叫平気だっけ？」

「余裕だな。お前は？」

「マガリの二十倍くらい余裕」

「俺の二十倍くらい余裕だったらもはや楽しくないだろ」

「マガリの二十倍くらい楽しい」

そんな、頭の悪い会話を繰り広げていたら。

「ぎゃあああああああ」「うわあああああああああああ」

落ちた。

「余裕だったね」

「だな」

あくまで虚勢を張り続ける俺達。次に並んだのは、乗り物式のシューティングゲーム。

「マガリ、ひま」

「そうか」

「そうか、じゃないでしょ。女の子がひまって言ったら、男の子は楽しませなきゃいけないの」

「そうか」

「そうかじゃなーい」

笑いながらツッコんでくる明澄。どう見ても暇そうな顔じゃないぞ、お前。

「まあ、暇ならしりとりやるか」

「うわー、モテない男だー」

「モテなくてよろしい」

「そうだね。マガリはモテなくていいもんね」

「どういう意味だ?」

「えー、自分で考えなよ」

目を合わせてくる明澄。……え、ほんとどういう意味だよ。変にどぎまぎしちゃうだろ。

「じゃあ、感傷しりとり。「あ」からな」

「え、感傷しりとりってなに？　当たり前みたいに言ったけど」

「そりゃ、もちろん感傷的なこと限定のしりとりだろ」

「……ふふっ。なにそれ」

「しゃーない。俺から見本見せてやる。まずは「あ」だろ？」

　俺は五秒ほど考えて、捻りだす。

「雨があがった。ふと、雨上がりの匂いが好きなんだよね、と言っていた彼女のことを思い出す。彼女は去年、インスタに夏が似合いそうな男とのツーショットを上げていた……の「た」」

「待って待って待って」

　ジト目で見てくる明澄《あけすみ》。

「それ、マガリの実体験？」

「なわけねーだろ。想像だよ」

「余計に引いちゃうけど」

「それより、「た」から始まる感傷的なこと。明澄の番だぞ」

　俺が言うと、明澄は天井を見上げながら、しぶしぶ考えるそぶりを見せた。

「じゃあ……タカヒロは泣いた。空があまりにも綺麗《きれい》すぎて」

「タカヒロはナシだろ。確かに感傷的だけども」

「心が綺麗なんだよね、タカヒロ」

「知り合いなのかよ」

「ううん、想像上のタカヒロ」

「想像上のタカヒロ」

そんなこんなで、俺たちはライド型シューティングゲームに乗った。

「え、マガリ！　全然ポインター定まんない！」

「いやこんなん余裕だろ」

「うっそ、すごいねマガリ」

「ぱーん。一万点の奴倒したぜ」

「なんでマガリばっかり！」

結果。十倍差のスコアで、俺は明澄に勝利した。

「うわー、マガリのかっこいいとこ初めて見たかも」

「いや、いつもかっこいいだろ」

「ノーコメントで」

続いて、VIPチケット取得済みのウォーターコースター。めちゃめちゃ水がかかるらしい。

「覚悟はいいか明澄さん」

「水かかってもいいように、ばっちり変装解いてますぜマガリさん」

「そーいえばこれ、最後の落ちる時に写真撮影あるんだよな」

「なんかポーズ決める？」

「そうだなあ、……腕組み？」

「斬新かも」

そんなこんなで。

「ぎゃあああああああ」「うわあああああああああ」

落ちた。

「マガリ、いっぱい写真並んでるよ」

「うわ、ほんとだ」

画面に、大量の写真が並んでいる。大体は落下の驚きで見るに堪えない顔になっている中、一組だけ、絶叫しながら腕組みしている二人が映っていた。

「これ、買っていこうよ」

思い出のひとつにでもなればいい。というか、純粋に、明澄《あけすみ》とのツーショットは欲しい。

……ん？　何か、引っかかる。

「あれ、あの写真の子、めっちゃ可愛くない？　童話《どうわ》ちゃんにそっくり」「ほんとだ、童話ちゃんみたい」「……え、似すぎじゃない？」

ざわめく写真販売会場。俺は、一瞬で事態を理解して明澄を見る。

目が、合う。明澄は、迷子の子供みたいな目をしていた。

「マガリ、どうしよ――」

「逃げるぞ！」

俺は恥ずかしさを捨てて、ええいと、その腕を摑んだ。柔い感触とあたたかさ、高揚感。

「マガ、リ」

「いいから走る。散々やってきただろ」

「え……？」

「ニュータウンで、二人三脚」

明澄と並んで、華やかなテーマパークを駆け抜ける。

「だから、俺達なら大丈夫だ」

隣から、くすくす、声が聞こえる。

「頼もしいね、マガリ」


それからも、俺たちはアトラクションを回り続けて。気が付けば、夕方になっていた。

「この辺がベストっぽいな」

ショーが始まる一時間以上前だというのに、すでに場所取り合戦は佳境を迎えていた。

俺たちはなんとか、良さげな場所に収まることができた。

すっかり日は落ちて、辺りを冷たい空気が満たしている。でも、不思議と寒さは気にならない。きっと、ここにいる全員のワクワクが、期待が、心を温めている。

花火大会が始まる前みたいな、独特の雰囲気。ざわついているけれど、どこか静けさが残る。まだ、ピークが後に待ち構えている。そう、全員が知っている。

「ねえ、マガリ。楽しいね」

「そりゃ、エンタメ見学だからな」

「……まあねー」

すっかり本分を忘れていたっぽい明澄《あけすみ》は、この遊園地にいる誰よりも幸せそうだった。

そんなきらきらした目を見せられたら、何もかもどうでもよくなってしまう。この子が幸せそうなら、もうなんでもいいや。実際、俺だって本気でエンタメを学びに来たわけじゃない。

俺はここ最近の明澄との日々を思い出す。

深夜にふたり並んで食べた味噌ラーメンは、この世の真理みたいな味がした。

明澄と交わす文面のやり取りは、いつも簡素で、やる気がなくて、だけどわくわくした。

俺のしたいことをやれやれという顔をしつつ一緒に楽しんでくれて、たまに向こうからも楽しい提案をしてくれて、変にきゃぴきゃぴしてなくて、でも天真爛漫《らんまん》なところもあったりして。

とにかく、明澄俐乃《りの》という女性の隣にいる時間だけは。

歪な自分が、元あるべき場所にぴったり収まったような、不思議な安心感があった。

「あ、来たよ！」

「……おお」

瞬間、周囲の観客のボルテージが一気に上がるのを肌で感じる。その視線の方向へ顔を向けると、このパークの名物キャラクターたちがキラキラしたネオンの巨大な神輿に乗ってゆっくりとこちらへ移動してくる。俺たちに手を振りながら。

「かわいいー！」

明澄が隣でキャラクター達にふりふり手を振り返す。瞳《ひとみ》には、星が散っている。俺は初め、その完成された光景を外側から眺めていた。……でも。

「ほーら、マガリも」

そう言われて、少し恥ずかしいけれど手を振り返した。それだけで、俺は眩《まぶ》しい光景の一員になった。明澄がいなければ、きっと俺はずっと外側から眺めているただの傍観者だったのに。

「なんかさ。いいな、こういうの」

明澄は何も言わず、ただ嬉《うれ》しそうに何度も頷いた。

ああ。ほんと、サブカルクソ男女の欠片《かけら》もない。パレードで人並みにはしゃいでしまうなんて。あの頃の俺達が見たらどう思うんだろうか。ダサいと一蹴されてしまうだろうか。

目を細める。ネオンが引き延ばされるように、視界のあちこちに滲《にじ》む。

あれ、世界ってこんなに美しい色をしていたっけ、と勘違いする。

美しさで包まれた優しい世界の中心に、華やいで笑う明澄《あけすみ》が座っている。

＊

それは、あるいは俺がずっと欲しかった日々だったのかもしれない。

明澄が笑ってて、俺はその隣でやれやれというフリをしながら彼女を笑わせる。結局おかしくなって、二人してげらげら笑う。そんな幸せが、続いた。

「マガリぃ、明日は何するの？」

続いた日数の分だけ、俺をしつこく駆り立てる何かがあった。

明澄は、今、芸能界で居場所をなくしている。一番傍にいるはずのマネージャーはあんなだ。だったら、きっと手を差し伸べるべきは――。

――傷つく覚悟をした人間に優しい言葉をかけるのは、世界で一番残酷なことだよ。

脳内で反芻《はんすう》する言葉。ずっと、その声に、言葉に、阻まれている感覚があった。

でも、俺の隣で仮初めの時間を笑って過ごしている明澄を見れば見るほど、素直な気持ちが心のなかで削り出されていくのを日に日に感じていた。

この笑顔を、少しでも長く。願わくば永遠に、隣で眺めていたい。そのためなら――。

その日、俺はひとつの覚悟を決めた。明澄の本音に向き合う覚悟を。

そのためにお誂《あつら》え向きの場所は……そうだな。

最高にベタだけど、俺にとっては大切な思い出で、それ以外に考え付かない。

だから、こんなベタなセリフを吐いてしまうのも仕方ないのだ。

≫あけすみ
≫近々空いてる日あったら教えてくれ
≫星を観に行こう

＊

結局、明澄はすぐに空いてる日を教えてくれた。

俺は当日までに場所の下調べ意外には特にすることもなく、二十四日の夕方を迎えた。

近くのレンタカー屋で適当な車を借り、明澄の住むマンションから程々に近いコンビニの駐車場に止める。ここが一応の待ち合わせ場所だ。

スマホを接続し、ストリーミングから音楽を再生する。

――tofubeats『FANTASY CLUB』

アルバムの頭から流すと、オートチューンの効いた電子的な男声ボーカルとともに、甘く酔えるようなトラックが車内を満たし始めた。音に合わせて軽く肩を揺らしながら、俺は再び今日の目的地への道を大まかに確認する。

今から、俺たちは東京に背を向け、星を見に行く。

特にこれといった意図がある訳ではなかった。ただ、無性に星が見たくなったのだ。

それに。

ニュータウンは星が見えないからダサい、とか。あの頃、よく明澄《あけすみ》が言っていた気がした。果てのない夜空の下ならば、普段は抵抗のあるようなことも語り合える気がした。

あれこれ考えるうちに、トラックが二つほど切り替わる。トラップ色の強いビートが鳴りやみ、車内に電子的でメロウなトラックが流れ出す。世間的にも、比較的知名度の高い曲だった。

俺が思わず口ずさみ始めた、丁度そのタイミングで。

コンコン、と助手席側の窓が二回ノックされた。見て、俺は助手席側のロックを外す。

「二分遅刻な」

「マガリが分かりにくいとこ停めるのが悪いんじゃん」

開いたドアの傍には、厚手のダッフルコートに白いマフラー姿の明澄がいた。マスクとメガネをしているせいで、一瞬誰かと思った。

変装グッズを外しながら、彼女は隣の助手席に乗り込んでくる。

「いきなり星が観たいとかいう人、この世にいたんだ」

「悪かったな」

「悪くないよ。どうせ、家にいても暇だし」

活動休止中の人気タレントさんは何でもないように言った。今日の明澄はなんだか微妙に違和感があった。普段より仕草や喋《しゃべ》り方が少し丸いというか、女の子っぽいというか。

職人《しきと》が手掛けたドールみたいな、可愛さの完成された顔。淡く乗ったナチュラルメイクの中で、艶《つや》感のあるグロスが唇を光らせる。妙にそわそわした気分で彼女の表情を観察していたら、「じろじろ見過ぎでしょ」と膝《ひざ》を軽く叩かれてしまった。

「ていうか、結構暖房効いてるね」

そう言って、明澄は軽く腰を上げると、厚手のアウターを脱いで後部座席にほうった。

上目遣いでこちらを見て、彼女は恥ずかしさと楽しさが綯《な》い交ぜになった表情で笑う。

あらわになったその姿に、俺は——訳も分からず吹き出してしまった。

「……どしたの。どういう風の吹き回し?」

「イケてるでしょ?」

明澄がコートの下に着ていたのは、セーターでもパーカーでもなく。

あちこちにフリルがあしらわれた、白黒のドレスみたいな服だった。

強調された細いウエストラインと、胸元に結ばれたリボン。おとぎ話のお姫様が何人もの騎士たちに傅《かしず》かれながら着ていそうなイメージのそれは。

ちょっとだけ痛々しくて、でも不思議と似合っていて。

「イケてるな」

俺の良く知る明澄俐乃《あけすみりの》だった。

彼女は助手席に座り直し、自分の格好を見直してから、自嘲《じちょう》気味に笑う。

「マガリは優しいね」

「本当にイケてると思ったからな」

「ほんとさぁ。よく拾おうと思ったよね、あんなサブカルクソ女」

ノスタルジックな瞳《ひとみ》の色とは正反対に、心底愉快そうな声だった。

「いつの話だ？」

それは、あの頃の話をしているのだろうか。だったら、そんなのお互い様だ。

俺は隣を向いて、明澄の目を見つめる。

「そりゃあ、サブカルクソ男だったからだろ」

温かくも寒くもない温度が満ちていた。こんなに居心地のいい空間は久しぶりだった。

トラックが切り替わり、車内にはヒップホップ感の強いスローなビートが流れ出す。

俺は音に乗るようにアクセルを踏んで、駐車場から長旅へと飛び出した。

「そろそろ着くぞー」

都心から二時間半。やがて、視界が突然開ける。天体観測のスポットとしては、この辺りでも有名らしい駐車場。エンジンを止めると、嘘《うそ》みたいな静寂が車内に訪れた。と、同時に。

可愛らしい無防備な寝息が、すぐ傍からすうすうと聞こえてくる。

隣を見れば、明澄が口を少し開けて幸せそうに眠っていた。……まあ、日頃の疲れが溜まっているのだろう。この小さな身体であれだけの仕事量をこなしてきたのだ。

「姫様、到着ですぞ。ですぞですぞ」

なんだか申し訳なく思いつつ、肩の辺りをぽんと三回叩いてみた。姫様は世紀末みたいな表情の崩し方をして、それからぼんやりとその瞼を上げた。

「おはよーございます。俺が言うのも何だけとさ」

「……むん?」

「俺の運転で寝れるって、お前ほんと凄《すご》いな」

それはそれは酷い運転だった。もしも俺が芸能事務所のマネージャーだったら間違いなくクレームを入れられている。

「まあ、とりあえず行こうぜ」

俺は後部座席からリュックサックを取り出すと、肩にかけて車のドアを開けた。明澄は俺をとろんとした瞳で見送りながら、遅れて意識を取り戻したように助手席のドアから出てきた。

けれど。そんな彼女の眠気も。一歩外に出た時点で、大方吹っ飛んだらしい。

「……けっこう、さむい」

きゅっと目を細めて、明澄《あけすみ》がマフラーに顔をうずめる。

俺も頰《ほお》に冷たく澄み切った山の空気を感じながら、深く深呼吸をしてみた。気持ちがいい。ひんやりとした感覚が喉《のど》を通り抜け、代わりに湿った生温い二酸化炭素を吐き出す。呼吸とともに大自然のフィルターを通って、人間として心身丸ごと濾過《ろか》されたような気さえした。

「これでも結構妥協した方なんだけどなぁ。もっと標高高いスポットなんていくらでもある」

俺たちはそんな取り留めのない話をしながら、かたつむりの様な歩幅で道を辿《たど》りはじめる。

「マガリ、さっきから一度も空見上げてなくない？　せっかく星見に来たのに」

ほのかに白い煙を吐きながら、明澄が含みのある目で見てくる。

「お前もな」

「私は、魂胆があるっていうか」

「全部準備できてからパッて見上げて、感動を味わいたい、とか。どうせそんなとこだろ」

俺の言葉が癇《かん》に障ったのか、彼女はじとっと目を細める。

「……じゃあマガリは違うの？」

「いーや、全く同じだ。いかにも凡人の発想って感じだよなぁ」

「なにそれ」

そんなこんなでじゃれ合っているうちに、俺たちは開けた場所に辿り着いた。

低い草がどこまでも広がっている。周囲には遮る建物も、光害となりそうな灯りもない。まさに、天体観測にはうってつけの場所。俺はリュックから持参したシートを取り出して、勢い任せに展開する。幸い風も少なく、一瞬で即席の基地は完成した。

「明澄ー、自分の荷物そっちの端に置いてくれ」「りょーかい」

シートを固定して、俺たちはようやく腰を下ろす。

ぐるりと囲む、どこまでも続きそうな草原。大地と緑の匂いが微《かす》かに鼻をかすめる。

シートの真ん中に、肩口が触れるか触れないかくらいの距離感で。

妙に嬉《うれ》しそうな表情の明澄と、俺は一度だけ目配せをする。

「じゃあ、さ」

それから、同時に首を倒して。

『せーのっ』

はじめて、俺たちは夜空を見上げた。

……視界に映っているのが何なのか、はじめ、情報として理解できなかった。

あまりに、現実味がなかった。圧倒的で、気を抜けば押しつぶされてしまいそうだ。

ぐるりと半球丸ごと埋める漆黒を、ぜんぶ、燐光《りんこう》色の水で霧吹いたような。

幾千と散らばる青白い星。強烈な発光と、消え入るような小さな瞬き。群れからはぐれたみたいに、ぽつんと浮かぶ橙《だいだい》色《いろ》の火。

魔法で創られた蛍たちが、手の届かない彼方を泳いでいるみたいだった。

神様が隠した光あふれる世界が、キリで開けた無数の穴から覗いていているみたいだった。

その実、どれだけ例えの数を尽くしても足りないぐらいに。

「……すげえ、な」

いつの間にか俺は、見上げた先に心を持ってかれてしまっている。

「ねえ、マガリ」

呆然とした、迷子の子供みたいな声が隣から聞こえた。

振り向く。澄んだ瞳《ひとみ》に星空を収めて、明澄《あけすみ》が見上げたまま恍惚《こうこつ》を浮かべている。

「やっぱりさ」

俺は彼女の声を聞きながら、また夜空を見上げた。

「やっぱり、ニュータウンってダサいね」

視線の先で、ひとつ、小さな星が流れる。

「ああ。ついでに、渋谷も新宿も横浜も全部ダサい」

そう言って、二人して笑った。

「そういえば、なんでいきなり天体観測なの?」

「……まあ、あれだ。俺が今の友達と仲良くなった……っていうか、今の居場所をみつけたキッカケなんだよ、星が。だから、なんかそれを見せたくなってさ」

俺たちはその後も、二十分も三十分も、取りつかれたみたいに非現実を見守り続けた。時間も寒さも忘れて、脊椎《せきつい》反射みたいな会話だけ交わして、ただ圧倒され続けた。

「昔はいろいろ覚えてたのに、もうほとんど覚えてない」と明澄は自嘲《じちょう》気味に笑う。星に詳しいのがかっこいいと思っていたのか、彼女は星座にまつわる知識や星の名前を何百と覚えていたらしい。でも、そういうものだろう。不純な動機で始めたことなど、長続きしやしないのだ。

「ねえマガリぃ」

「いちいち名前呼ばんでもここにいるぞ」

「一番明るいのがシリウス。あれがプロキオン。で、あの赤いやつがベテルギウス」

「おう」

「あの三つを結んだら三角になるから、冬の大三角形って言う」

「知ってる。ちなみにそれ、小四か小五の理科な」

「……うるさいデリカシーなし」

エアポケットに入ったみたいに、不意に会話が止まる。

微睡《まどろ》むような、心地の良い沈黙だった。彼女の隣なら、いつまでだって黙っていられる気がした。ここに来てからどれくらい、俺たちは時間を食いつぶしたのだろう。

いつの間にか、開かれた俺の右手には、明澄の左の掌が重なっていた。

優しく、触れているだけだけど。柔らかい肌の感触と、甘い体温と、そういう全部が伝わってきて、ほんのり宙に浮かぶみたいな心地だった。そんな気分で、ぼんやりしていたから。星空に圧倒されて、なんだか日常のすべてがどうでもよくなっていたから。

「なあ。芸能界、楽しいか？」

きっと、気が緩んでいたのだろう。何でもないことのように、ポロっと零《こぼ》れ落ちた言葉。

彼女の活動には触れない、自分からは一切口を出さない。そう、決めていたのに。

「楽しいか、かぁ」

明澄《あけすみ》は、舌で転がすように、無表情で呟く。

「今は調子崩してるから、あんまり楽しくない」

「……ああ、まあ、そうだな。……いや、そういう話じゃなくて」

一度タガが外れると、もう止まらなかった。

「調子崩す前の話。四年間やってきた訳だけどさ、ほら、俺には知らない世界だから」

彼女は再び、夜空を見上げる。その横顔は——少しだけ儚《はかな》げに揺らいで見えた。

「あれから、ずっと走ってきたから。だから、そんなこと考える暇もなかったよ」

彼女の声には硬質な破片が混じっていて、だから俺も何も言えなくて。

そこから先は、別世界だ。あの頃の俺たちは、ただぼんやりとどこか遠い世界に憧《あこが》れていただけで。だけど、明澄は本当にそこに触れて、俺は手を伸ばすのをやめた。

だから、本来俺には何も言う資格がない。……それなのに。

「俺はさ、あんまし楽しそうに見えなかった」

明澄が見せた僅かな綻びみたいなものが、四年間積もり続けた想いを解放させた。

「童話《どうわ》ちゃんが笑っても、全然お前が笑ってるように見えなかった。あのキャラクター、俺、一ミリも好きになれなかった」

こんなことを言うつもりじゃなかった。重なった手に、一瞬きゅっと力が入るのを感じた。

「……ひっど」

明澄は息混じりの声で弱々しく言い、ふっと笑いを零す。

それからこちらを見ず、彼女は正面を向いたまま、俺の右肩にそっと体重を預けてきた。

何と言えばいいのか分からなかった。ただ、肩に確かな命の重さを感じていた。

「ねえ。寿命でもう死んじゃった星、あの中にいくつあるんだろうね」

明澄が天高く指をさす。つられるように、俺は指し示された先を見上げた。

気が遠くなるほどの数の輝きが、命を燃やすみたいに瞬いていた。

「わからん。でも、きっと何百とあるんだろうな」

ここから遠く離れた星々は、見た目では生きているのか死んでいるのかすら判別がつかない。

冷たい風が頬《ほお》を撫《な》でる。

「いいな」

明澄は、唇を噛み締めて星を見上げていた。小さな掌は、微《かす》かに震えていた。

それは涙を押し込めるような、上ずった声。

「私は。……私はあとどれくらいで、寿命を迎えられるんだろう」

感情的な熱で揺らいだ声。

「あと…………あといくつ、キャラ、乗り換えたら、…………私、安らかに死ねるのかな」

縋《すが》るように、手がきゅっと握られる。同時に、痛みで胸が収縮した。

「私、さ。ずっと居場所が欲しかっただけなんだ。たしか昔マガリにも言ったよね、……親とかさ、子供の頃一番近くにいた人たち、……みんな私のこと要らなくてさ」

思い出す。四年前、ショッピングモールの地下。明澄《あけすみ》が、昔話をしてくれたことがあった。

本当は自分が、望まれて生を受けた子供ではなかったこと。

自分が原因で小さい頃に両親が離婚して、それからずっと父親と二人暮らしで、父親が夜中まで働いているあいだずっと一人だったこと。

「でも、ここじゃない、どこか遠くにいけば、きっと私の居場所がある気がしてさ」

父親の方針で、中学受験のために田舎からニュータウンに引っ越してきたこと。

周りの人間関係や雰囲気の差で、環境に全く馴染《なじ》めなかったこと。

気持ちが溢《あふ》れて、父親に頼み込んで、縋るような思いで母親に会いに行ったこと。

「だから、お仕事も頑張ったんだ。頑張れば、いつか芸能界が居場所になるんじゃないかって」

母親のほうも、人生が上手くいっていなかったこと。

人生が上手くいっていないのを、ぜんぶ自分を産んだせいだと言われたこと。

何かが、壊れたこと。

「でも、だめだった。……大人になるほど、頑張れば頑張るほどね、私は私が本当に欲しかったものからどんどん遠のいていくんだ」

ボロボロの精神状態で、中学受験に臨んで、失敗したこと。

ありのままの自分が嫌いになって、明澄俐乃《りの》、という強い女の子を演じるようになったこと。

あの日の保健室、俺に出会ったこと。

「もう、疲れた。でも、まだだめなんだ。まだ、走り、続けなきゃ。……傷つきながら闘ってる奴が、一番、……偉いんだから」

どこまでも切実な言葉だった。そこには、嘘《うそ》も冗談も入り込む余地などなかった。

ちゃんと、その心に触れた気がした。

顔を隠すように、明澄は下を向く。艶《つや》やかな髪が被《かぶ》さって、表情は窺《うかが》えない。

ただ、洟《はな》を啜《すす》る小さな音だけが澄んだ夜を震わせていた。乱れた呼吸のかすれる音が、不安定な息遣いが、上下するその肩が、強く証明していた。

ああ、やっぱり。こんなものは…………正しくない。

そうだ。そういう奴だった。手先が器用すぎて、そのくせ生き方が不器用すぎるんだ。

「べつに、そんな必要ないだろ。嫌になったら他にいくらでも生き方なんてある。ＯＬでも街のパン屋でも何でもやればいい。億万長者を手玉に取って玉《たま》の輿《こし》ルートもアリだ」

冗談口調を作って、自分自身の波立つ心は押し込めた。

返事はない。でも、彼女は次の言葉を待っている気がした。だから、俺は一度はぐらかされてしまった問いを、再び彼女に投げかけた。

「なあ。そこまでして、どうして明澄《あけすみ》は走り続けたいんだ?」

以前にも、似たような問いかけをした。深夜のショッピングモール。

あの時は、途中で話を逸《そ》らされてしまったけれど。

数秒の静寂が二人を囲む。繋《つな》がれた指と指は、固く結ばれたまま。やがて、明澄は。

雫《しずく》の伝うその顔を、はじめて、俺に見せてくれた。

「だって。一回止まったら、………………分かっちゃうから」

静かな泣き姿だった。美しいとさえ思った。彼女は、濡れた頰《ほお》を拭おうともしない。

「ほんとは、分かってるんだ。……私、あの頃からなんにも変わってない。なんにも溜まってない。なんにもない。四年間、何かになったフリ、してただけ」

張りつめて、揺らいだ声。気がつけば、目の奥が熱を持っていた。

「十五歳のまんまなんだ。なのに、大人になっちゃった。………今さら、取り返しつかない。自分がなにか、わかんない。………でも走ってたら、そういうの、見なくて済むから」

だから。明澄俐乃《りの》は四年間、全速力で走り続けていた。戦い続け、輝き続けていた。

自分自身の空虚さから目を背けるため、ただそれだけのために。

もしも、本当にそうだったとして。

俺は一切、そのことを糾弾する気にも、失望する気にもなれない。

だって――――。それは、あまりに見覚えのある動機だったから。

俺は指先で、真っ白なその頬に光る雫を掬《すく》う。

長く綺麗《きれい》なまつ毛。逃げ出したそうに揺れるその瞳《ひとみ》と、目配せをする。

言わなくたってぜんぶ、何となく伝わってしまう。

なにも無い自分が嫌いで、許せなくて、だから俺達は輝きたいと願ったのだ。

逃れられると期待して、遠くへ行きたいと願った。

そして。その延長線上に、今の俺たちは生きている。……ああ。

ずっと、何者かになった明澄に置いていかれた心地でいた。でも。

本当は、逆だったのかもしれない。俺が妥協して、居場所を見つけて、へらへら笑っている間、明澄はあの日に置き去りにされたまま、走り続けるしかなかったのだ。

「なあ、明澄」

彼女の人生だから、彼女が痛みとともに勝ち取ったものだから、他人がその生き方にどうこう口を出すのはお門違いだ。自分一人の持つ裁量は、自分一人分の生き方に対してだけだ。

ずっと、頭ではそう思っていたけれど。……きっと、全部言い訳だ。

彼女の人生に土足で踏み込むのを、俺はただ恐れていただけなのだ。

明澄《あけすみ》は今、袋小路で迷っている。裁量を失っている。自分の人生が手から離れかけている。

だったら。彼女が今すべきことは、きっと走り続けることじゃない。

「明澄、戻って来いよ。いったん、全部置いてさ」

……ああ、やっとだ。そう口にした瞬間、胸をせき止めていたつっかえが綺麗《きれい》に外れた。

たった一言が言いたくて、俺は何か月も、何年も、回り道をしていたのかもしれない。

明澄は俺の顔を見つめる。

彼女は、やがて困ったように、でも確かに笑った。

「——う、ん」

それから、俺達は何も言わず、ただ手を重ね合わせながら時間を過ごした。

お互いに、何を言わずともすべてを共有しているような、そんな感覚があった。

大切なものすべてを真《ま》っ直《す》ぐに見つめなくてもいいのだ。たまには、目を逸《そ》らして、奥底に隠しながら、俺たちは手をつないで笑いあっていく。それでいいのだ。

だから、これはきっと本物だ。

「……もうすぐハタチだよ。……私、まだ間に合うかな。いろいろ、やり直せるかな」

明澄は、俺の肩に頭を乗せた。

籠って聞こえたそんな声は、ちょっとだけ甘えるみたいで。

張りつめていた彼女の全身からは――いつの間にか、力が抜けていた。

「間に合うさ。何にだって間に合う。何ならフライングしてるくらいだろ」

「……適当、言うなし」

「適当じゃねーよ。知ってるか？　お前、実は結構スペック高いんだぜ」

「知ってる」

「可愛くねえのな」

「可愛い」

減らず口を叩き合うテンポはすっかりいつもどおりなのに、彼女の声は涙声のまんまで、そのアンバランスさが笑える。俺は心臓の隣のあたりに、温かい塊を感じていた。

これは……きっと、満たされていく感覚だ。こんなの、いつ以来だろうか。

ずっと、画面越しに明澄を見ていた。響來《ゆら》を見ていた。境童話《さかいどうわ》を見ていた。

輝いているのに迷っているみたいな、その瞳《ひとみ》の揺らぎを見ていた。

勝手に心配して、勝手に罪悪感を感じて。身勝手に、もう自分とは関係のない世界のことだと割り切ってきた。見て見ぬふりを続けてきた。

でも。やっと、身勝手に募った想いすべてを、俺は伝えることができたのだ。

隣に、別の体温が流れている。それだけで、ここが最高に心地の良い居場所のように思えた。

日常的に暮らすいつもの世界が地獄のようにすら思えてきた。

「なあ、明澄《あけすみ》。周り、誰もいないな」

「……何が言いたいの」

「いや？　ただ、歌うのには最適な場所だなと思ってさ」

こんなの、ただの思いつきというか、気分任せというか。

ただ、歌いたくなったのだからしょうがない。

明澄は俺の瞳《ひとみ》を覗き込み――それから悪戯《いたずら》に微笑《ほほえ》む。

「いいね」

俺たちの中で歌う曲といえば、あの曲しかない。あの日、保健室で俺たちを繋《つな》いでくれた、あの曲だ。世間的にはそこまで知名度のない、振子《ふりこ》のファーストアルバムのラストトラック。

俺は立ち上がり、明澄に手を貸す。明澄はぐいっと俺の手を引く力を利用して、その場に立ち上がった。二人並んで、星空の下。

アイコンタクトを一度だけ取る。それだけで、言いたいことは全部伝わってしまう。

こんなに幸せなことはないのだと思う。

「じゃあ」「せーの」

すうー、っと、二人同時に息を吸う。そこに、邪魔な言葉は何もなくて。

「『ごせんーさーんーびゃーくのーあーさを、まるめーてーく――』」

だから、俺は身体の芯まで油断に浸かりきっていたのだ。

「────は」

途中で急に、声が出なくなった。頭が真っ白になる。

一瞬遅れて、明澄が歌うのをやめ、俺のほうを見る。その目が──恐怖の色に染まっている。

「いい加減にして」

肩が震えた。出せない声と動かない身体で、やっと理解する。

俺は振り返る前から、そこに誰がいるのか分かった。

でも──それでも、遥かに遅かったのだ。

「……マガリ！」

「…………え？」

刹那《せつな》、激しい浮遊感に襲われる。それから、一瞬遅れて。

首を絞められているような苦しさ。自分の身体から自分が離れていくような感覚。己が何者か分からなくなるような不安。遅れて、強い倦怠感。

身体が動かない。全身から力が抜けていく。もう立っているのも、やっとで。

「わたしはパパとママの仲良しごっこが見たかったんじゃないわ」

おもむろに、俺は俯《うつむ》くように視線を下げる。

光の剣先が、背中から俺の胸を真《ま》っ直《す》ぐ突き破って、顔を覗かせている。

……あれ？　……俺、は。

「もっと、見たい景色があったのに」

声も出ない。

「パパ。わたしはパパを――」

「マガリ！　マガリ……」

明澄《あけすみ》と響來《ゆら》の声が重なる。二つ分の震えが重なって、綺麗《きれい》な声だな、なんて他人事のように思った。何もできないのに、頭だけは冷めきっていた。

「――わたしはパパを、信じてる」

何もできず、俺はその場に崩れ落ちた。自分を心配する明澄の荒い声を、遠い記憶を愛でるように聞いていた。そこに、もう響來はいなかった。

星が、綺麗だった。

Ⅲ

その日、私のもとに一枚の切符が届いた。

夢にまで見た、別の世界への切符だった。特別な世界への招待状だった。

なのに、どうしてだろう。

ぜんぜん嬉《うれ》しくないのは、どうしてだろう。

*

屋上階段に座った時の、リノリウムの冷たさも。

夜中のショッピングモールで聴いた、遠い雨音も。

先生のいない保健室の、カーテンの中の背徳感も。

きっと、ぜんぶ忘れられない。一生忘れられない。

だって、あれが私にできた、初めての居場所だったから。

急にカーテン開けられて、勝手に歌いだされたあの衝撃も。

みんなにイタいって言われた私服、イケてるって褒《ほ》めてくれたことも。

二人して傘忘れたフリして、毎回、君の上着の中でびしょ濡れになって走ったことも。

きっと、一生焼き付いて離れてくれない。

だって、……私のことをちゃんと見てくれた、はじめての人だったから。

知ってるよ。最初から、私たちは普通の人になれなくて、だから普通の人にない物が欲しくて、たったそれだけの共通点で一緒にいたんだ。毎日バカして、真剣に音楽作ってたんだ。

私には先に、次の世界への切符が届いた。

……ずっと、誰かが見つけてくれるのを待ってたじゃんか。

なのにちょっぴり不安になるのは、きっとぬるま湯に浸かりすぎたせいだ。

もともと、ずっと一人だったのに。何も考えずに暮らしてるみんなに、何も考えず仲良しごっこしてる大嫌いな人間たちに埋もれたくないから、今日まで必死に生きてきたのに。

ここで甘えた言葉を吐くのは、今までの自分に対する裏切りだ。

何より、同じ志をもとに過ごしてきた、君に対する裏切り行為だ。

小さく、唇を噛んだ。冷え切った両手を押し当てて、頬《ほお》の熱を取る。……よし。

一段、一段、確かめるように階段を上がった。

本当は、なんとなく気付いてる。きっとこの一年で、私は少しだけ弱くなった。無意識に人を頼って、無意識に人を拠《よ》り所にした。でも、それで生き方まで捻《ね》じ曲げてしまうほど、私は落ちぶれてない。常に、人間として正しい生き方を追い求めていたい。それが、私だ。

…………。

…………………………………………………………………ああ、行きたくないな。

まだ、ここにいたい。ずっと、ここにいたい。

こんなに幸せなら、永遠にぬるま湯に浸かってたいな。

ずっと、隣にいたいな。君の隣、すごい落ち着くんだよ。安心するんだよ。

知っちゃったんだよ。

どうせなら、君が漫画か何かの主人公ならよかった。そしたらきっと、私がどれだけ先に行っても、「今に追いついてやるからな！」って、私の傍に居続けてくれるんだ。

でもね、知ってる。知ってるの。

君は、そんなに強い人間じゃない。先に夢を叶えた盟友のとなりで呑気に笑い続けていられるほど、君は強くないよ。君は、そんなにできた人間じゃないよ。

でもね？ そんなにできた人間じゃないから、私は君を――――。

一段、一段、階段を上がる。やがて、その顔が視界に飛び込んでくる。

世界から寒色だけが消える。一秒で、私のたった一つの居場所が展開される。

お調子者の笑みと、そのくせ繊細そうな目つきと。

ああ、結局、なんにも決められなかった。

こんな形でぜんぶ丸投げするなんて、ほんと、どうしようもなく。…………最低だ。


「――マガリが、決めてよ」

Chapter 4

憧れの結晶が目に入って泣きそうになる

朝、目が覚める。月曜日。ローテーブル。シングルベッド。カーテンの隙間《すきま》から漏《も》れる光。世界は何も変わっていない。それなのに、何かが決定的に変わってしまったような、そんな感覚がある。それはきっと、俺自身にしかわからないような、微《かす》かなずれ。

自分と世界のあいだに、二十センチくらいの空洞が割り込んだみたいな、絶望的な遠さ。

時計を確認する。針は八時半を示している。……ああ、今日、必修だ。学校いかねえと。

……。


………めんどくせえな。

ダルい。めんどくさい。身体は軽いのに、学校に行くことに価値を見いだせなかった。

まあ、一日くらいサボってもなんも変わんねえし、いいか。そう思ったから、休んだ。

コンビニでカップ麺買って、お笑い芸人のネタをYouTubeで見ながら、ベッドでゴロゴロ。

べつに、楽しくもなんともなかった。でも、他の何にも不思議と価値を見いだせないんだからしょうがない。そんなことをしていたら、夜になった。

ふと、自分はなんでこんなしょうもない人生を生きているのだろう、と思う。

誰にでも代替可能な仕事と、学歴にすらカウントされないような学歴と、味のない生活。

十五歳の俺が今の俺を見たら、きっと死んだ方がマシだと思うに違いない。

べつに本気で死ぬ気もないけど、生きている意味もないだろ、こんなの。

結局、俺は四日間、学校にも出ずにそんな日を繰り返した。

そして響來《ゆら》に刺されてから五日目。俺はこのまま死ぬのかな、なんて冗談が頭をめぐり出した頃、一本の電話が来た。佑真《ゆうま》から。

「やっと出た！　ナオ！」

「……なんだ？」

「なんだ、じゃないよもう。なんで学校来ないの」

「だるいから」

「は？」

「……じゃねえや。もう元気なんだけどよ、ちょい風邪引いててさ、念のために」

「あー、そうなんだ。で、もう元気なの？」

「まあ」

「じゃあ、今日夕方五時、駅前集合ね」

「は？　なんで」

「久々にナオの顔見たいから」

彼女かよ、と言おうとしたら、切れた。

駅前に集合して、ファストフード店に落ち着く。不思議と、学校に行くほどダルくはなかった。佑真《ゆうま》と海《うみ》は、なぜかスーツ姿だった。

「……いや、なんでお前らスーツなの？」

「会社の事前の集まり」「俺も同じ」

「まじかー」

俺が興味もないけど一応リアクションを取ると、二人はいたたまれない視線を向けてきた。

「なんだなんだその可哀想な奴を見るような目は」

「いや、そうじゃなくてよお」

海が、今度は本当に心配そうな目で俺を見る。

「ナオ、結局将来どうすんの」

「いや、お前らには別に関係ないだろ」

「あるよ、友達だし」

佑真が口を挟んでくる。

「べつに就活しろとは言わないけどさ、ナオはもっと……」

「なんか偉そうだよな、お前ら」

「……え」

空気が、凍った。それで、しまった、と思った。

……あれ。こんなこと言いたかったわけじゃないのに。なのに、言葉が止まらない。

「大きなお世話だろ。適当に社会に埋没したって、何になんの」

心のどこかで思っても、絶対に言ってはいけないこと。そういうものが、人間にはある。

なのに、そのブレーキが、今日はなぜか効かない。

ふと、響來《ゆら》の笑みひとつない顔が思い浮かんだ。

「……ナオ、ほんと、どうしたの」

「俺達、そんなつもりで言ったんじゃねーんだけど」

ああ、空気が悪い。全部俺のせいでしかない。なのに。

謝る言葉が、出てこない。ショートしたみたいに、頭が真っ白になる。

「……悪い。まだ体調万全じゃねえかも。今日は帰るわ」

「ナオ……」

俺は友人二人に背を向けて、駅へと急いだ。

俺、どうしちゃったんだろうか。友達を傷つけて、心だけはいっちょまえに痛んだ。


それからも、俺は死んでいるみたいに生きた。

時が進むのが速すぎる気がしたし、逆に遅すぎる気もした。

真っ暗な部屋に籠って、カップ麺を啜《すす》りながら、何もせずに時計を眺めていた。

懐かしい感覚だ。今の自分が、明澄《あけすみ》と出会う前——保健室で天井を見上げて死を待っていたあの頃の自分と重なる。まるで、昔の思考をトレースしているような。

響來《ゆら》に、眼前に突き立てられている気がした。キャラを剥いだら、所詮お前なんてこんなものだと。結局俺は、あの日から何一つ成長していないのだと。

ローテーブルの上に、放置されたままのコップがある。中身は確か麦茶で、もうとっくに腐って濁りきっている。それなのに、洗い物ひとつする気になれない。

明日もきっと、俺は同じような生活を繰り返すのだろう。何もできず、何にもなれず。

――このまま俺は、またひとりになってしまうんだろうか。

誰のことも信じられず、本当の意味で誰からも信じてもらえなかった、明澄《あけすみ》と出会う前のあの頃に。……ああ、嫌だな。……怖いな。怖くて、寂しくて、頭がどうにかなりそうで。

いくら嫌だと泣きわめこうが、もう遅いんだろうけど。

本当は、分かっている。考えたくもないけど、分かっている。

俺がおかしくなったのは全部、あの――――。

「……ん?」

電話が鳴った。今度こそ佑真《ゆうま》たちに謝ろう。そう決意して着信を見たら、明澄だった。

「あ、出た。マガリ、生きてる?」

「……死んでる」

「よかった、ちゃんと生きてた」

明澄は心配そうな声で言う。それから、数秒の沈黙。

「なんか最近マガリ、ＬＩＮＥの文面もテンションおかしいから」

「おかしいって、具体的には」

「生焼けの焼き魚みたい」

「……ぜんぜん具体的じゃねえから、それ」

「とにかくさ」

明澄は意を決するように、言った。

「いったん会おうよ。作戦会議しよ」

「……なんの？」

「もちろん——響來について、だよ」

＊

「なあ、明澄」

夜のニュータウン、どこかよそよそしく、そのくせチラチラと視線を向けてくる隣の明澄に、俺は問いかけた。

「おれ、変か？」

彼女は一度目を丸くして、それから呆れるように細めた。

「変だよ」

「やっぱ変だよな」

「めちゃくちゃ変」

「そこまで言わなくてもいいだろ」

「ほんと」

明澄《あけすみ》は、一度口ごもって、それからやっぱりというように吐き出した。

「ほんと、あの頃のマガリに戻ったみたい」

星空の下、響來《ゆら》に心臓を刺された。それ以来、何かがおかしい自覚がある。

とはいえ、明澄で言うところの童話《どうわ》ちゃんのような明確なキャラクターを俺は持たない。だから、殺されるキャラクターもいない。そう、思っていたけれど。

芸能人なんか程遠い俺にだって、この四年間で作り上げたキャラがあったのではないか？

十九歳の七曲成央《ななまがりなお》という、この社会を上手に生き抜くためのキャラクターが。

「しょうがないなあ。まあ安心しなよ」

「なにが」

「私はマガリがおかしくなっても、昔に戻っても、とりあえず一緒にいてあげるから。なんせ私は、中学時代のマガリの唯一の友達だからね」

そう言って、明澄は日向に咲く花みたいに笑った。それだけで、ここ数日感じてた不安とか、心細さとか、そういうの全部がほどけていくみたいだった。俺なんか到底手の届かない遥か高みの世界の住人が、自分を気遣って寄り添ってくれている。その事実は柔らかくて、だけどちょっとだけ背徳的でもあった。

「でもマガリの場合、私より深刻かも」

「……芸能人よりどう考えてもマシじゃないか？」

明澄ははあ、とため息を吐き、呆れたようにかぶりを振る。

「マガリ、先週学校何日行った？」

「……いや、学校に行くこととキャラクターは」

「いいから。何日行った？」

「…………ゼロ、だけどさ」

「ほら、やばいじゃん。卒業できなくなるよ」

「いやだってさ、よくよく考えたら意味わかんなくなっちまってさ。なんで俺行ったって大して意味もない学校行ってんだ？　ってなって。で、ダルくなって」

まるで、俺がこの四年間積み上げた何かが、一気に奪われてしまった感覚。

学校なんて、適当に自分を騙《だま》して卒業しといた方が絶対上手くいくのに。なのに。

それが、急に出来なくなった。悪い意味で、頭が冷めてしまった。あたかも、中学生の俺がそうだったように。

「で、マガリ、友達ともケンカしたんでしょ？」

「いや、それはあいつら……佑真《ゆうま》と海《うみ》がヌルいこと言ってる、から」

「そりゃヌルいことも言うよ。私たち十九歳だもん」

「……まあ、そうだけどさ」

佑真と海は就職を決めて、俺は就活すらしていない。そのことについて、あいつらは俺のことを心配してきた。俺は大きなお世話だと言った。適当に社会に埋没しても楽しくもなんともないだろ、と思った。思ったから、そのまま言った。喧嘩《けんか》になった。

「まあ、私が何を言いたいかってさ。マガリは、私と同じってこと」

「つまりどういうことだってばよ」

「あの子に……響來《ゆら》に、キャラクターを殺されたってことだよ」

「……らしいな」

直感で分かる。俺はあいつに何かを殺された。俺の手から、あいつは何かを奪った。結果、俺は今までどおり上手く生きられなくなった。それだけの話だ。歩いて、例のショッピングモールの地下にたどり着く。明澄《あけすみ》が先に席を取ったから、俺はその向かいに座った。キャラを殺された者同士、俺たちはやらなければならないことがある。今日は、そのための集まりだ。

「ねえ。なんで集合場所、地元にしたの？」

「本能」

「とうとう言葉通じなくなってるじゃん」

「コトバ、ワカンナイ」

「ふざけ方まであの頃のマガリだ……」

ため息交じりに言いつつも、明澄はどこか嬉《うれ》しそうだった。

俺も明澄と会話しているうちに、少しだけ気力を取り戻したような気がした。錯覚かもしれないけれど、それはそれでいい。

「べつにいいだろ。俺が十五歳でも十九歳でも。……それより、響來だろ?」

「たしかに、響來だね」

「結局、あいつが何をしたいのか。それが分かれば、なんとかなる気がするんだよな。少なくとも、あいつと交渉ができる。俺たちはキャラを返してもらえるかもしれない」

「死んだものは生き返らないよ」

「希望的観測だよ」

とはいえ、簡単にはなにも思いつかない。

「でもさ。もう、外だけ見てても答えが出ない気がするんだよね」

「どういう意味だ?」

明澄は、なにやら含みのあることを言った。

「今まで響來《ゆら》の周りで起きてることを分析して、それをもとに立ちまわってきたけどさ。でも、結局響來を作ったのって私たちでしょ？　だったら、答えはもしかしたら私たちの中にあるんじゃないかって思って」

その言葉を聞いて、はっとした。確かに、俺は今まで外で起きたことにしか目を向けてなかった。でも、響來はずっと言っていた。

堕落しやがって。張りつめた美しさを取り戻して。どうして平気で変わってゆくの。

……パパを、信じてる。

「なあ、明澄《あけすみ》。俺たちって、そもそもどうやって響來を作ったんだっけか」

響來の言葉の矢印は、思えばずっと俺と明澄の内側に向いていた。なら。

「まあ、やってみる価値はあるかもな」

「だからなにが」

「自分探し、だよ。俺たちが、どういう人間だったか。どういう人間になったか。そんで、どんな理由で響來を作ったか、とか」

「なんか、十五歳が言いそうなセリフだね」

からかうなよ。……って、それはともかく。そもそも自分探しってどうやればいいんだ？

「あっ」

明澄が突然、間の抜けた声を出した。

「どした?」

「私、そういえばあの頃……響來やってた頃、日記つけてたなって今思い出した」

「めちゃめちゃヒントになりそうだな。明日にでも見せてくれ」

「……いや、たぶん、その、恥ずかしいやつ」

「そんなこと言ってる場合じゃ」

「……やっぱり今のマガリはデリカシーなしだ。……っていうか、なんで私だけ」

「そりゃ、お前がたまたま日記持ってるからだろ」

「マガリもなんか出しなよ」

「そんなこと言われたって…………たって?」

その時、頭の片隅に、何かがよぎった。必死に、その光のしっぽを捕まえようとする。

十五歳……守れもしない約束をしたあの日の後……響來を作った瞬間。

ああ、そうだ。俺は、一冊のノートに、響來というキャラクターの存在を編み上げたんだ。

「……なあ、明澄」

俺は気が進まないながらも、明澄に提案する。

「恥ずかしいのはお互い様、だったらどうだ?」

＊

その翌日、俺たちは明澄《あけすみ》の部屋に集まっていた。

テーブルには一冊の黒いノートと、一冊の可愛らしいパステルピンクの日記帳。ノートは俺が持ち寄ったもので、日記帳は明澄が持ってきたものだ。

「これ、読んだらほんとに何か分かるのかな。……恥ずかしいな」

お互い様だ。俺だって、あのノートに何を書いたかなんて、もう正確には覚えていない。でも、とてつもなく恥ずかしい独り言が書いてあることだけは分かるのだ。願わくば、墓場まで持っていきたかった。それが、よりによって明澄に読まれるなんて。

「じゃあ、まずは」

明澄はそう言って、俺のノートにこっそりと手を伸ばす――。

「いや待て待て」

「……どしたの」

「どしたのじゃねえ。じゃん負けからだろ普通」

「……ボーイズファーストってことで」

「聞いたことねえよ」

そんなこんなで、俺たちはじゃんけんに縺《もつ》れ込んだ。

最初はグー、でパーを出すようなダサい小中学生みたいなことをしそうになって、慌てて手をグーに戻す。そして、そのまま一回勝負で、スムーズに決着がついた。

スムーズに、明澄が負けた。

「決定だな。早く渡してもらおうか、その大事そうに守ってる日記を」

「ひーとでーなしー」

明澄は渋りながらも、最終的には俺に日記帳を渡してくれた。

「じゃあ、ざっと見てくか」

「……うん」

ピンク色の表紙をめくって、一ページ目を開く。

——マガリがダサいから、私ひとりで響來《ゆら》とかいう謎《なぞ》キャラを演じることになった
なんで俺のことダサい呼ばわりしてんだよ、なんて流石《さすが》に聞けない。

わかりきっている。俺が約束を破ったからだ。あの日、明澄を行かせてしまったからだ。

——響來の設定はマガリに考えさせた。フタを開けてみたらめちゃくちゃマガリって感じのキャラが上がってきて、気に入った。もう二人ではできないけど、響來にはたぶん、マガリが詰まってる。だから、もういい

目線を上げる。明澄《あけすみ》が恥ずかしそうに俯《うつむ》いている。

——響來《ゆら》は葛藤《かっとう》を愛している。響來は人にも自分にも厳しい。響來は私よりも美しい。存在自体が正しい。私は、どうやって響來の中の人になればいいんだろう？

——煙井《たばい》さんに相談してきた。私の今の葛藤を全部詰め込めばいいって言われた。そんなこと言われても困る。私の葛藤って何？

——はじめてのお仕事はライブ配信だった。私が右手を上げると、画面の中の響來の右手が上がる。私が目を細めると、響來が目を細める。不思議だ
——事前に募集したお便りに私が答えていくコーナーがあった。どれもこれもヌルい悩みばっかだった。マガリの顔が思い浮かんだ。自分と同じ次元で悩んで、ものを考えてる人間って案外いないんだ。貴重だった。でも、マガリはもういない。私の居場所はもうない。そういうのを、言葉にせずに感情だけ使って、怒鳴るように相談に答え続けた。結局、周りの大人にも、煙井さんにも、めちゃくちゃ褒《ほ》められた。私の葛藤を詰め込むって、こういうことなんだろうか。本当に、これでいいんだろうか？

それからもずっと、文章は続いた。想像はしていた。でも、想像の数倍、あの頃の明澄は悩

んでいた。居場所がなくて、悩んで、仕事をしていた。それがそのまま、響來になっていた。

──はじめてのライブが終わった。歌は思ったより上手に歌えたかな。あと、葛藤者制度。葛藤者代表の女の子は、実家の家業を継ぎたくないって言ってた。生まれながらに居場所があるなんて羨《うらや》ましい。それを捨てるなんて愚かしい。でも、そんなこと言えない。だから、せめてと思って怒鳴った。悩み続けろ、苦しみ続けろって言った。その子は泣いていた。流石にやりすぎたかなって思って優しい言葉をかけようとしたら、その子は『嬉《うれ》し泣きです』って言った。びっくりした。優しい現代人は、案外厳しい言葉に飢えてるのかもしれない。

──響來が軌道に乗った。「乗った」の基準が私にはさっぱりだけど、煙井さんが言うのだから、たぶんそうなんだろう。私は、喜んでいいのかわからなかった。だって、響來は私じゃない。私は響來じゃない。響來は結局、演じるうちにいつかの私が憧《あこが》れた何かになりつつある。誰から拒絶されても傷つかなくて、変わらない自分を持っていて。誰からも必要とされなくても、存在するだけで正しい。……でも、私は、響來じゃない。


「マガリ、じっくり読みすぎ」

俺は声をかけられると同時に、明澄に日記帳を取り上げられてしまった。

「で、どう？　なにかわかった？」

心に穴が空いた気分だ。明澄《あけすみ》の日記は、切実だった。明澄という女の子が、どうやって現在の場所までたどり着いたのか、少しだけわかった気がした。

気がして、苦しくなった。明澄は、自分を削って響來《ゆら》を演じていた。

「そこに書いてあったまんまだろ」

「どういうこと？」

「響來は明澄の葛藤《かっとう》の結晶で、明澄の憧《あこが》れだったんだろ」

そういって、明澄と目を合わせようとして、はっとした。

その瞳《ひとみ》が、少しだけ潤んでいたから。

「え、泣きそうになる要素あったか？」

「べ、べつに」

まあ、あの頃自分が考えていたことに触れて、感傷的な気分になったのかもしれない。

「それより、次はマガリのノート。響來の大事な元設定なんでしょ」

「……自分でも見るのこえーわ」

「ひらくよ」

明澄は、容赦なくその一ページ目を開けた。

「字、きたなくない？」

そこには、解読が必要なほど粗雑な文字が並んでいた。明澄の可愛らしい丸文字とは大違いだ。俺は書いた本人だからなんとか読めるが、明澄にいたっては目を細めて頑張っている。

——ずっと、他者評価に左右されない価値が欲しかった

明澄の日記のようにまとまった文章はない。あるのは、ただの殴り書きだ。
だから、俺たちはその中から、ヒントになりそうな言葉を拾っていくしかない。

——人が一瞬で失望するのも、離れていくのも、もう見たくない
——中学受験をバックレてから、ずっと価値だけを見つめてきた

心の底をくすぐられているようなむずがゆさ。

——でも、結局価値なんて、他者評価でしかない。そう気づくだけの三年間だった
——だったら。ぜんぶ他者評価でしかないのなら、せめて、誰かの一番になりたかった
——だれかの特別になりたかった
——なれなかった
——明澄は見出されて、俺は見出されなかった

——行かせてしまった
——むしゃくしゃする
——価値なんて死んじまえばいい
——世の中全部が平等に無価値になればいい
——でも、いくら願ってもそうはならないんだよ。スターはスターのままで、特別な奴は特別な奴のままで、幸せな奴は幸せなまま、無価値な俺を無視して笑ってんだよ
——むしゃくしゃする
——こういうの、特別とか、信じるとか、きっと全部生きるうえで邪魔になる
——だから、全部置いていく
——ちょうどいい機会だから、このキャラをぜんぶ詰め込んだ爆弾にする
——ぜんぶ、置いていく

ページをめくると、その次からは響來《ゆら》の構想絵と、ちょっとした設定が始まっていた。

響來の住む「わたしたちの世界」では、不法投棄された夢と葛藤《かっとう》が腐敗して——。

……ああ、思い出したくもない感情を、思い出しかけている。急いでフタしないと。

「マガリ……そんなこと、考えてたんだ」

底抜けに優しい目。

「お互い様だね。お互い、苦しかったんじゃん」

ふいに、目の奥が熱くなる。

「うるせえ、わかったような口聞くんじゃねえよ」

「わかるよ」

茶化そうとして、即答されて、行き場をなくした。

「マガリがどんなに苦しんで、生きるために何を抑え込んできたか」

「……うる、せ」

「その葛藤が、響來なんだね」

溢《あふ》れそうなものを、必死に押し込める。

「響來は、マガリの葛藤で、憧《あこが》れだったんだね」

なんとか、声を絞り出す。

「……かもな。……じゃあ、同じじゃねえか」

「同じだね」

いや、そんなの過去の日記やノートを読み返すまでもなく分かっていたことだけど。

響來は。俺と明澄《あけすみ》のすべてを託した、葛藤と憧れの結晶だった。

「同じだからって、何がわかったわけでもないけどな」

そう言って、恥ずかしさをごまかす。

「……恥ずかしいね、なんか、こういうのさ」

「……ああ」

明澄《あけすみ》もきっと、同じ気持ちだ。その頬《ほお》は少しだけ上気していた。目は合わせてくれない。

「なんかさ、俺達、結構頑張ってたのかな」

会話をつなぎたくて、適当なことを言った。

「頑張ってたんだよ、きっと」

「ぶっちゃけさ。あの頃、俺の……」

俺のこと、どう思ってたんだ？　そんなことを感傷に任せて聞きそうになって。

「俺の見た目、結構イケてたよな」

慌ててやめた。明澄は小馬鹿にするように笑った。

「どこが」

「は？」

「あんな前髪で目まで隠れた奴、バンドマンに憧《あこが》れた中学生って感じで……」

「わかった。わかったからそれ以上言うな」

「……ふふっ。今日のマガリ、なんか可愛いね」

また上目遣い。何も言い返せないのは、きっと俺がキャラを殺されたからに違いない。

明澄はたまにこういうところがある。普段は俺に目線を合わせて対等なふりをしてくれているけど、その実、常に一枚上手というか。そういう一面を垣間見るたび、俺は情けなくて、もどかしい気分になる。あやされている子供のような気分。

俺が何て言い返そうか考えていると、明澄は思い出したかのように話題を変えた。

「そういえばマガリって、この前キャラ殺されたじゃん？」

「それがどうした？」

「どんな感覚なのかなって。ほら、私の境童話《さかいどうわ》って、まさにキャラクターって感じだから分かりやすいけどさ、マガリはたぶん、もっと曖昧《あいまい》なものを殺されたわけでしょ？」

「いや、たぶんそうでもないだろ。俺が殺されたものは簡単だよ。この四年間積み上げてきた生きるための全部だ。上手くやるための全部。あえて名前をつけるなら……そうだな」

俺はパッと思いついたものを、そのまま口に出した。

「十九歳マガリ、とかな」

「……なにそれ」

明澄はおかしそうにしていた。

「ともかく、俺は十九歳マガリを、お前は童話ちゃんを殺された。でも、まだ終わったわけじゃないと思うんだよ。あいつ……響來《ゆら》なら、何か蘇生の方法とか——」

言っていて、何か、微《かす》かな違和感があった。俺はその引っ掛かりの糸を、必死に手繰《たぐ》り寄せる。そして、ようやくその正体に触れた。

「なあ、明澄《あけすみ》。……そもそも、俺たちって本当にキャラを殺されたのか？」

「……え？」

明澄は不思議そうにこちらを見つめる。

「だって、そもそも、あの子が殺したって言ってた――」

「本当に？」

「…………いや、言って、……ない？」

「だよな」

見落としていた。勝手に推測してしまっていた。

響來《ゆら》が放つ言葉はいつだって強かったから、勝手にその意味を補完してしまっていたんだ。

『キャラクターに人間は殺せない。キャラクターにできるのは――』

キャラクターを殺すことだけ？

『境童話《さかいどうわ》はわたしが――』

殺した？

響來はいつだって、肝心なことを言わなかった。あるのはただの曖昧《あいまい》な言葉と、俺たちが何かを失った感覚だけだった。それなら、この違和感だって、正当なものかもしれない。

「なあ、明澄」

「マガリ、なんか思いついたって顔してる」

「ああ。ってても、これまたただの仮説だけどな」

俺は改めて、広げたノートの上に文字を書き込んでいく。

「まあ、響來ってキャラクターは、何はともあれ俺たちの葛藤《かっとう》の塊だよな」

「私たちは少なくとも、そのつもりで作ったんだよね」

「ああ。そんで、もう一つ思い出してほしい。って言っても、あんとき明澄はいなかったか」

俺は一呼吸置いて、響來の言葉を反復する。

「わたしは、葛藤の結晶なのに。純粋で切実な葛藤から生まれたのが、みんなのキャラクターなのに」

「それ、響來のセリフ?」

「この前夜中のショッピングモールで集まった日の夕方、響來が言ってたことだよ」

「まあ、なんとなく、言葉の意味はわかるよね」

「だな。響來は俺たちの葛藤から作られたんだから、当たり前だ。そんで、俺たちが社会と自分との狭間で葛藤して生まれるのがキャラクター、とか、まあそんな文脈だろうな」

そのうえで、俺は話を整理する。

「俺達は葛藤の塊として響來を創った。キャラクターとは、その響來自身のような、葛藤の結晶だ。んで、響來は剣でそのキャラクターを殺す。……なんか、矛盾してねえか?」

明澄はしばらく黙り込んでから、その瞳《ひとみ》で俺の両目を覗き込んだ。

「矛盾、はしてるのかわかんないけど……なんていうか、「解釈違い」だね」

「……ああ。その言葉のほうがしっくりくるな」

解釈違い。つまり、響來《ゆら》の設定やキャラクター性そのものと、とる行動が矛盾している。

響來は葛藤《かっとう》を愛せとあれほど言っていたのに、その葛藤そのものであるはずのキャラクターを簡単に殺してしまう。可能かもしれないが、理屈は通っていない行動だ。

明澄《あけすみ》は「でも」と言葉を続ける。

「私は確かにキャラを殺された感覚があったよ。マガリもそうなんでしょ?」

「ああ。もちろんだ。自分の中に積み上げた何かが、簡単に奪われた感覚」

「そう。私たちはやっぱりキャラを奪われたんだよ」

「ああ、奪われた……って、ああ、それ、か。それかもしれねえな」

「ひとりで勝手に納得しないでよ」

「悪い。でもさ、ほんと、そのまんまの意味って可能性もあるだろ」

「どういうこと?」

「響來は俺達のキャラを殺したんじゃなくて、奪った、とか。キャラ殺しじゃなくて、もっと……そうだな、キャラ吸収、とかな」

そう言うと、明澄は分かったような、分からないような微妙な顔をした。

「うーん、確かにキャラを殺せるくらいならキャラを奪うこともできるかもしれないけどさ。

でも、そんなことする理由は？」

「わかんねえ」

「……はあ。肝心なところポンコツだよね、マガリ」

呆れ顔の明澄は、相変わらずぐすぐするような視線をよこしてくる。

俺はダサいままで終わりたくなくて、必死に頭を回す。

「考えるにしても、何か別の角度からがいいな。たとえば……結局、なんで響來が他のキャラクターと違ってこの世界にいるのか。というか、なんで消えられないのか、とか」

明澄はちょっと考えて、それから何でもないふうに言った。

「え、それはさ。だって、響來は葛藤の塊なわけでしょ？　だったら、普通に考えたら、響來本人の、大元の葛藤が消えないから、とかじゃない？」

「……明澄。お前、やっぱ天才なのな。たぶんそれだろ」

自分には全くない角度からの推論に、俺はただ口を開けることしかできなかった。

やっぱり、何事も自分一人の頭では限界があるようだ。

「え、ふつうでしょ。ていうか結局、そもそも響來自身の葛藤が何かわからないし」

「響來自身の葛藤ねえ……」

静寂。二人、じっくり数十秒考え込む。やがて、明澄はまた「あ」と声を出した。

「どした、明澄」

「いや、そういえばあの子、いっつもあちこちで同じこと言ってるよなーって思って」

「あなたはどうして変わっていくの、ってやつか?」

「それそれ。響來《ゆら》の葛藤《かっとう》って、普通にそのまんま、変われないことじゃない?」

言葉を止めて、俺は十秒ほど考え込む。そして。

「めちゃくちゃ冴えてるな」

俺は明澄《あけすみ》の言葉で、いつか佑真《ゆうま》から聞いた話を思い出した。

キャラクターは人間と違って、同一性の塊だから変われない。

そして響來は、全国各地で通行人に、変わっても平気な理由を尋ねて回っている。

それらを鑑みて。

あいつは、何らかの理由で変わりたがっているけれど、キャラクターだから変われない?

「いや、なに勝手に納得した顔してるの、マガリ」

「ああ、悪い悪い」

それから、俺は佑真に聞いたことを明澄にも話した。

明澄は難しい顔でうんうん唸《うな》りながら、理解しようとしていた。結局、本当に理解できたのかはわからないけれど。明澄は俺を真《ま》っ直《す》ぐに見て、言う。

「まあ、要はキャラクターって、その概念というか……存在そのものが変われないって話?」

「たぶんそういうことだ」

「でも、響來は変わりたがってるんだ」

「まあ、変わりたがってるかは置いといて、変われないことに苦しんではいそうだよな」

「で、私たちは響來を変えてあげて、あの子の葛藤を解消してあげないと、キャラ返してもらえないんだよね」

「間違いないな」

「無理ゲーじゃん」

明澄が、とうとう思っても口に出してはいけないことを言いやがった。

変われないキャラクターを変える。たしかに無理ゲーというか、とんちみたいな話だ。

「じゃあ、キャラ諦めるか？」

「……それは」

「嫌、だよな」

はあ、と同時にため息をついて、俺たちは二人仲良く頭を抱える。

結局、話はふりだしなのかもしれない。

「でも、もしその予想が合ってるなら、響來が俺達のキャラを吸収する目的にはなるな」

「どういうこと？」

「ほら、赤の絵の具があるパレットに青の絵の具を加えると、紫に変わるだろ？　それと同じで、響來っていうキャラに新たな他人のキャラ……たとえば童話《どうわ》ちゃんとか、そういうキャラを混ぜ合わせれば、何か違うキャラクターに変われると思ったんじゃねえか？」

「パレット理論だ」

「なんかかっこいいな」

そう言って、俺たちは目だけで笑いあう。

「でも、それじゃあ変われなかった」

「変われないキャラクターを、変えてあげる方法。なにかあるのかな」

「わからん。でも、それができない限り、お前に童話《どうわ》ちゃんは戻ってこない」

「それは困る。だって、童話ちゃんは、私の……」

そこで、さっきまで饒舌《じょうぜつ》だった明澄《あけすみ》が急に口ごもった。

しばらく待ってみたけれど、結局、その言葉の続きは聞けなかった。

「それより、マガリも、はやく十九歳マガリを返してもらわないと。留年しちゃうし、友達もいなくなっちゃう」

「ほんとな。……まあ、友達とは昨日仲直りしたけどな」

昨日の夜、俺は自分の意地なんかより大切な居場所があることをようやく思い出した。

そして、佑真《ゆうま》と海《うみ》との三人のグループ通話で、全力で謝った。伝わらないけど、一人の部屋で何度も頭を下げた。「怒ってはないんだ」と佑真は言っていた。「わかればいいのよ」と海はふざけ口調で空気を和ませてくれた。笑いあった。あいつらは、本気で俺のことを心配してくれていた。本当に……得難い友達だ。

「まあ、それはそれとして、キャラは返してもらえなきゃ困る」

俺は、自分で作り上げたキャラクターが嫌いだ。

生き抜くために、一応手を取り合っているフリをしているだけだ。

でも、結局十九歳マガリがないと困るものだから、どうしようもない。

「とりあえず、キャラを返してもらう方法、つまりは響來《ゆら》を変えてあげる方法を探さないとな。

……ちょっと明日佑真に相談してみるか……」

「知らない名前だ。マガリの、友達かぁ」

「それがどした？」

明澄は、何かを企むようにしていた。

「ねえ、マガリ。マガリは明日、響來のこと相談しに行くんだよね。響來のことは私にも関係あるし、考える人は多い方がいいから、明日は私もいた方が合理的だよね」

「私も……って、お前、もしかして俺の友達に会いたいの？」

「私もいた方が合理的なの」

「……はあ」

まあ、俺はいいけどよ。問題は――。

＊

「……私、帰っていい？」

「お前が来るって言ったんだろ」

「それは知らなかったからじゃん」

俺たちは佑真《ゆうま》との待ち合わせ、専門学校近くの広い公園に向かう最中、早くも口論になっていた。理由は明白。佑真が童話《どうわ》ちゃんのファンであることを、俺が今さっき伝えたからだ。

「大丈夫だよ」

「大丈夫って、なにが」

明澄《あけすみ》はジト目で俺を見つめる。俺は自信満々に返す。

「海《うみ》のほうは知らんが、佑真はお前のよく言う「デリカシー」ってのがちゃんとある奴だよ。そんくらい、何年もつるんでればわかる」

「……ふーん」

明澄は少しの間黙り込んで、それから不服そうに言った。

「じゃあ、もしなんかあったら私、即帰るからね」

話しながら、俺たちは広い公園に足を踏み入れていた。海は夕方から遅れて来るらしいが、ひとまず佑真との待ち合わせ場所は、公園の入り口からほどないベンチだったはず……って。

「明澄、あいつ、もういるぞ」

「え！ うそ、どうしよ」

「どうもせんでいい」

俺は「おーい」と手を振りながら全身黒ファッションの佑真に声をかける。佑真はゆっくりとこちらを向いて、手を振り返してきて――。

そのまま、固まった。

「どした、佑真？」

石像みたいに動かない友達。

「おー――い」

「……」

「女の子ひとり連れてくっていったよな。隣にいる奴紹介していい――」

「え、えええ、ええ――――!?」

突然奇声を発しながら、ベンチに座っていた佑真が時間差で飛び上がった。

二百七十点のリアクション。

「え、な、なに、え、はぁ？」

「うるせえ落ち着け」

「いやいやいやいやいやいや」

明澄《あけすみ》が申し訳なさそうに、くすくす笑っている。

佑真《ゆうま》はスイッチが切れたように、ベンチに崩れ落ちる。

「ナオが女の子連れて来るっていうから何事かと思ったらど、ど……」

何か言おうとして、佑真は明澄をちらちらと見て。

「……いや、ごめん。取り乱してごめん。いろいろ事情あるだろうし、活動休止中だし……じゃなくて、えっと、と、とにかくあんまり触れない方がいいよ、ね」

彼は、「デリカシー」ってやつを発揮して、ギリギリで踏みとどまった。

くすくす笑い続ける明澄。これで、悪い奴じゃないって分かったようだ。

「ほら見たろ、明澄。佑真は間違っても、えー！　現在活動休止中の童話《どうわ》ちゃんがファンに内緒で男と一緒にいる！　なんで！！　……とか言わない奴なの」

「ナオ！」

佑真が眉間《みけん》に皺《しわ》を寄せて俺を非難する。

「あははは」

「……えっと」

「佑真くん、だよね？」

明澄は、よそ向きのオーラで佑真に話しかける。

「え、は、はい！　違います！　……じゃないや！　そうです！」

「テンパりすぎだろ」

「しょうがないでしょ！」

「活動のこと、気にしてないから大丈夫だよ。……って、自己紹介まだだったね」

よそ向きの声で言うと、俺のことを一瞬見て、それから恥ずかしそうにして。

「七曲《ななまがり》くんの彼女の明澄俐乃《りの》、です。……今日はよろしくね？」

ちょこんと首を傾げて、明澄は言った。……ん？

「……僕、もう何言われても驚かないから」

「待て待て待て訂正させろ！」

明澄は悪戯《いたずら》に微笑《ほほえ》む。嘘《うそ》でも、頬《ほお》が熱くなるのを感じる。

明澄が、俺の、彼女。恋人。

「七曲くんとは中学生の頃から付き合ってて……」

「佑真耳塞《ふさ》げ、全部嘘だから」

冗談なのに、うそ、の二文字を発音するのに罪悪感と痛みを感じてしまった。

……俺、結局明澄とどうなりたいんだっけ。って、今はそんなこと考えてる場合じゃない。

「佑真、一から全部話すから聞いてくれ」

それから、明澄との関係を訂正するのに二十分、さらに響來《ゆら》のことを説明するのに四十分、それによって俺と明澄《あけすみ》が困っていることを伝えるのに三十分、計一時間半かかった。

「まあ、だいたいこんなもんだ。……っつっても、突飛すぎてよくわかんねえよな」

佑真《ゆうま》は控えめに笑う。

「まあ、そうだね。ぜんぜんわかんない。でも、実感はわかなくても、状況は理解できたかな」

すっかり落ち着いた佑真は、俺たちの話を淡々とまとめにかかる。

「つまり、童話《どうわ》……じゃないや。明澄さんは、響來《ゆら》の立体映像に身体を刺されて、その日からうまく「童話ちゃん」でいられなくなった。んで、ナオも響來に刺されてから、いつものナオとして振る舞えなくなった。端的に言葉を当てはめるなら、キャラを奪われた」

佑真は完璧に話を要約して見せた。明澄がまたも目を丸くしている。

「……佑真くん、すごいんだね」

「え、なにが?」

佑真はそんな自分の理解力の高さに気が付いていないようだった。

「まあいいや。それで、目下見つけなきゃいけないのは……同一性であるために変われないキャラクターを、どうにかして変えてあげる方法、ってとこかな」

「二百点」

俺が言うと、佑真は「どうも」と軽く微笑《ほほえ》んだ。それから、困ったように眉《まゆ》を下げる。

「肝心のそこが、僕もわからないんだけどね。一回本とか読んでみないとだし、今日のところはあんまり役に立てないかも」

「ううん、話を聞いてくれただけでも嬉《うれ》しいよ」

「あ、明澄さん……」

「明澄、お前、ほんといろんなキャラ持ってんのな」

「うるさいマガリ」

そんなこんなで、話がひと段落ついたところで。

「おーい！」

明朗快活な声がした。声のほうを向くと。

「お、社長出勤じゃん、海《うみ》」

冬だというのに、海が薄着で現れた。

「佑真、ナオ、それに……って」

現れてすぐに、固まってしまった。

「おい、海、大丈夫か？」

「……うわ！　現在活動休止中の童話ちゃんがファンに内緒で男と一緒にいる！　なんで！！！？」

「じゃあ、三人はほんとに入学式からの仲なんだね」

　あれから海《うみ》に響來《ゆら》のことを一応相談してみた。案の定チンプンカンプンといった様子で、それから俺たちはとりとめもない雑談を交わし、明澄《あけすみ》自身の提案で二人の明澄への敬語が取れ始めたころ、話題は俺と佑真《ゆうま》と海の出会いの話に移った。

「そうだね。入学式に、たまたま近くにいた僕にナオが声かけてくれてさ」

「俺も俺も。しょーじき友達とかどうしようと思ってたから助かったわー」

「へえー。マガリが、自分から、ね」

　明澄が含みのある視線で俺を見る。そんなに見えないか。俺だってやるときはやるぞ。

「そうそう。その時のナオのスタンスがおもしろくてさ」

「え、なになに」

　すっかり距離感を詰めた明澄が話を深掘りする。俺は会話の外側にいながら、顔から火が出るような思いだった。佑真がキラキラした目で語り始める。

「よかったらちょっと話さないか？　あ、いや、もちろん入学式は貴重だから、他の奴と話したければ遠慮なく言ってほしいんだけど……」

「ふはははは。マジで似てるわ佑真」

「やめろお前ら！」

　……思い出したくもない。逃げるように明澄をチラ見すると、口元に手を当てて彼女はくすくす笑っていた。本当に楽しそうに。

「マガリ、中学時代とは大違いだね」

「うるせえ」

それからもひととおり俺の入学式の話がこすられた後で、佑真は突然少し寂しそうに呟いた。

「ほんと、最近のナオとは別人みたいだ」

「悪かったな。こっちもキャラ奪われてんだよ」

「いや、べつに責めてないよ。最近のナオもこれはこれでおもしろいし」

でもさ、と佑真は真剣なトーンで続ける。

「もし出会った頃から今のナオだったら、きっと友達にはなってなかったと思う」

「……」

「配慮ができて、変なとこ打算的で、友達大切にして、たまに臆病で、ちゃんと考えて行動する。そんな十八歳のナオだったから、きっと三人で友達になれたんだ。……なんてね」

なんか真面目な空気にしちゃってごめん。佑真はそう言葉を締めた。

俺は何も言えなかった。その言葉が、妙に胸に刺さってしまったから。

「俺も同じだわー。ナオは破天荒なのにみんなのこと考えてる感じのキャラがいいんだよな」

海も、佑真の言葉に同意する。……そう、か。

入学式の時、俺は自分の作ったキャラが嫌いだった。今だって嫌いだ。……でも。

もしも俺の作った俺がいなければ、こいつらと友達になることも、一緒にバカやることもできなかったのかもしれない。もちろん、大切な居場所もなかった。

そう思うと、なんだか不思議だ。俺の思っているより、俺のキャラは、十九歳マガリは――。

「ナオ。おーい、ナオ！」

「お、おお、どした」

海《うみ》に肩を叩かれて物思いから帰ってきた。

「そろそろ帰るかって話」

「ああ、そうだな。もう暗いし」

そう決めると、俺たち四人は歩き出す。公園を出て、駅前にたどり着く。

「じゃあ二人とも、今日は助かった。今度なんか奢《おご》るわ。じゃ、明澄《あけすみ》と俺はこっちで……」

「ちょっと待って」

いよいよ解散という段階で、明澄は張りつめた声で俺達を呼び止めた。

「明澄さん、どうしたの？」

きょとんとする佑真《ゆうま》の前で、明澄は。

両手をそろえて、静かに、頭を下げた。

「……え、え！　ちょ、どうしたの」

「夢、壊しちゃってごめんなさい」

澄んで、張りつめた声。

ああ、と、俺は一瞬ですべてを理解した。そうだ、明澄はそういうやつだった。

境童話《さかいどうわ》でない姿を境童話のファンの前で見せてしまったことに、罪悪感を抱いているのだ。

「いろいろあったと言っても、佑真くんは童話ちゃんのファンだったんだもん。本当は、こんなとこ見せちゃいけなかった。だめだったんだ」

佑真はきょとんとしたまま明澄の話を聞いている。

「だから、ごめんなさい」

十秒に満たない沈黙。そろそろ俺が何か場を和ませなければと思ったその時、佑真は、相変わらずの角の取れた声で明澄に言った。

「よくわかんないけど、とりあえず頭上げてよ」

少しして、頭をゆっくりと上げた明澄の瞳《ひとみ》を、佑真はしっかりと見据える。

「僕は童話ちゃんが好きだ。三度のごはんより好きなんだよ」

告白めいたセリフが、宵闇《よいやみ》の空に響き渡る。

「ちょっと自分語りしていいかな。……僕、専門学校入ると同時に東京出てきたんだ。友達もゼロからだし、人は多いし、正直、ナオと海とも最初の三か月くらいは微妙な知り合いって感じだったし。なんというか、ぜんぶが肌に合わなかった」

明澄の瞳が、その切実さに触れて大きく収縮した。

「そんな時、僕は童話ちゃんの動画をひたすら、繰り返し見ていた。ライブ配信も、テレビの放送も、欠かさず見た。……なんていうかな。僕は、童話《どうわ》ちゃんに救われてたんだ。……いや、違うか。たぶん、そんなもんじゃない。……そうだな」

佑真《ゆうま》は一呼吸置いて、明澄《あけすみ》にまっすぐ言葉を投げた。

「童話ちゃんは、僕の生きがいだったんだ。いつの間にか、だんだん、僕の生きる理由になっていった。童話ちゃんが、僕を生かしてくれた。絶対、僕だけじゃない。何万って人が、きっと僕と同じだと思うんだ。……だから！」

語気を強めた佑真に、明澄は目を見開く。

「夢を壊したなんて、絶対言わないでほしい。調子を崩しても、芸能界を休んでも、今までと違う一面を見せられても、たとえ明澄さんが危ない薬で捕まっても！　それでも、童話ちゃんはずっと、僕の夢だよ！　活動を辞めた響來《ゆら》が、今も僕の星であるのと同じようにね」

「……」

「……って、なんか、熱くなっちゃった。ごめん、引くよね……って、え」

明澄の大きな瞳《ひとみ》から、涙が溢《あふ》れそうになっていた。必死に押しとどめているのが分かる。

「ありが、とう」

「え？」

「私、誰かの居場所になれてたのかな」

明澄は自分の手のひらに視線を落とす。

「居場所、見つけられてたのかな」

居場所。震え混じりのその言葉は、彼女にとってどれほど重い言葉だったろう。

＊

遅い夕食。明澄の家の近くのファミレス。

「はぁ。……なんか、いろいろすごい一日だったな」

俺が言うと、明澄は勝気な笑みを浮かべる。

「いい友達だね。ちゃんと大切にしなよ」

「……。ああ。言われなくても、一生愛してやるさ」

「それはなんかキモい」

「あ？」

じゃれあうような会話。心地よい空気。そして。

「マガリ、私ね」

確かに今日、胸に残ったもの。

「やっぱり、童話ちゃんでよかった。あのキャラ嫌いだったけど、それでも、大切なんだ。今日佑真くんに言われて、気付いたよ」

明澄《あけすみ》は愛《いと》おしそうに、自分の髪を手で梳《す》いた。

「童話《どうわ》ちゃんは私のものだけど、私が決められるものじゃないんだね。いつの間にか、誰かの生きる理由で、大切な居場所になっちゃうくらいにはさ」

彼女は佑真《ゆうま》の「生きる理由」という言葉を、自分にとっての「居場所」という言葉に変換した。どちらも強い言葉で、本人にとって思い入れのある言葉に違いない。

「もちろん、私自身の居場所にもね」

明澄はそう言って、確かめるように自分で頷く。

「活動休止してから、いろんなメッセージが届くんだ。中にはろくでもないのもあるけど、大体は私を好きでいてくれる人の励ましの言葉とか、感謝とか、そういうので。……これが居場所じゃないなら、居場所ってなんなんだろう、って思った」

それから明澄は、俺の目をまっすぐ見据えて、宣言した。

「だから。私は、童話ちゃんが大切」

「ああ」

「やっと、童話ちゃんを好きになれたよ」

明澄は愛おしそうに、左手と右手の指を組んでぎゅっと握りしめていた。

なぜか、俺まで温かい気持ちになった。……だから。きっとこの気持ちは、本物だ。

俺は境《さかい》童話を、明澄俐乃《りの》を心から応援したい。

「俺もさ、同じようなこと考えてるかもしんねえ」

「……え？」

「十八歳や十九歳の作った俺がいなきゃ、あいつらと友達になれてなかったんならさ。それは……いくら俺が嫌いでもさ、そんなの関係なく、俺の大切なもんなんだろうよ。きっと」

「なんか、マガリらしくないね」

「そうか？」

俺らしいって、なんだろう。そんな哲学的な問いを、ふと考えてしまった。

でも。少なくともきっと、それは俺だけが決めるものじゃないし、だからといって誰かひとりの他人が決めるものでもない。俺自身も含む、俺に関係のあるすべての人が、ちょっとずつ決めるものなのだろう。なんて明澄に言ったら、考え過ぎだと笑われてしまうだろうか。

「私たちには、やっぱりキャラが必要だね」

今日気付いたことを、響來《ゆら》に言ったら何を言われるだろう？

葛藤《かっとう》してると褒《ほ》めてくれるだろうか。それとも、結局堕落だと怒られてしまうだろうか。

……。…………ん？

「なあ、明澄」

何かが、思考の隅に引っかかる。その正体を、見失わないように必死に追いかける。

響來。キャラクター。自分では、決して決められないもの。同一性。

あいつは。響來《ゆら》というキャラクターは、一体誰が作っているのだろう。

「響來を作ったのって、本当に俺達だけなのかな」

「何、いきなり。そりゃ、マガリが考えて、私が演じたんじゃん」

「いや、それはそうなんだけどさ」

響來というキャラクターを見ていた人。聴いていた人。

響來を勝手に解釈したり楽しんだりしていた葛藤者《かっとう》たちは、本当に響來を作っていないと言えるだろうか？

「童話《どうわ》ちゃんを作ってたのは明澄《あけすみ》だけど、最終的に童話ちゃんというキャラクターを構成していたのはほかの人……佑真《ゆうま》たちも一緒なわけだよな」

「まあ、さっきそんなこと言ったけどさ」

「十九歳マガリだって同じだ。みんなが俺に持つイメージも含めて、たぶんキャラができてる」

「まあ、そうかもね」

「じゃあ響來も同じじゃねえか？」

俺がそう言うと、明澄は黙り込んで、考え事を始めた。

やがて――――その唇が微《かす》かに開かれる。

「それなら、響來って、……ほんとに変われないのかな」

「……ああ。俺も、丁度同じことを考えてたところだ」

響來を作ったのは、確かに俺と明澄だ。でも、それだけじゃない。

二百万人の葛藤者たちの存在を、俺たちは見落としていたんじゃないか。

ファンが勝手に解釈して、イメージした響來の形。それは、本当に偽物だと言い切れるだろうか。二百万人が持つ響來像は、すべて偽物で、俺達の発信した響來だけが本物なのだろうか。

……そんなわけがない。キャラクターなんて、見てくれる人ありきで初めて成り立っている。

例えば、合成音声ソフトのパッケージを含む数点のイラストと、声と、簡単な年齢等の設定。初めはそれだけの存在だった初音ミクが、色々な人が作った数十万の楽曲たちや、二次創作の絵や漫画、勝手に解釈されたイメージなどがぐちゃぐちゃに混ざり合って、今の「初音ミク」という膨大な魅力を持つ一人の女の子が出来上がっているように。

ならば、きっと響來も同じだ。

「みんなが持つ響來の解釈を書き換えてあげることができれば、逆算して響來を変えてあげることができるのかもしれないな」

なぜかわくわくして、口の端がつり上がる。鼓動が、うるさい。

＊

「ビンゴだよ、ナオ！」

佑真《ゆうま》から連絡が来たのはきっかり一日後、家で響來《ゆら》の動画を眺めていた時のことだった。

「ビンゴって何が」

「だーかーら、昨日ナオが言ってたこと！」

昨日俺が言ったこと。一瞬で、思い出す。結局、俺はあの後ひとしきり考えたが答えが出るはずもなく、電話で佑真に相談を持ち掛けていたのだ。

「まじか！　詳しく聞かせてくれ！」

「言われなくても語っちゃうよー」

佑真は、心なしか浮き足立っているようだった。

「まず、結論から言えばナオの仮説は正しいかもしれない。昨日電話貰ってから、僕、いろいろ調べたんだ。実は僕、昔そういう本を一冊読んだことあるくらいのにわかだったんだけど、調べてみたらキャラクターって概念に関する本っていっぱいあるんだね」

「それで？」

「何冊か目を通した結果、ナオの言ってたこと――キャラクターはみんなの解釈でできてるってのは、現代文化論で言う『キャラ図像―キャラ人格モデル』っていう考え方に近いみたいだ」

「悪い、急にわかんなくなってきた」

「まあ、マンガを思い浮かべてもらうのが一番分かりやすいかな」

「マンガ？」

「うん。例えば、マンガの『主人公』。マンガって、いっぱいコマがあるよね。その全部のコマはそれぞれ、違う表情や動きをした『主人公』が描かれてる。百個コマがあれば、百通りの画像が、別々に存在する」

「マンガにはいろんなコマがあるってことか?」

「そういうこと。でも、それぞれのコマに書かれてるキャラクターが同じ『主人公』であることは、みんなが言われずとも知っているよね。この共通する一本の軸みたいのが、キャラの人格。で、この一つのキャラの人格は、結局、さっき言ったひとつひとつのコマが先に存在して、はじめて後から立ち上がるものなんだって。ここで言うコマっていうのは何も本当にマンガのコマだけじゃなくて、非公式の二次創作とか、ただの読者の解釈とか、そういうキャラに関係するすべてのものを含むんだ」

「つまり……どういうことだ?」

「二次創作も、人の目も、解釈も、そういうすべてが合わさってはじめて一つのキャラクターができてるってこと!　ナオは本も読まずにそういう考え方にたどり着いたんだよ!」

「じゃあ、昨日言ったみたいに、響來ってキャラクターの解釈を新しく書き換えてあげられれば、響來は変わるってことか?」

「もちろん理論上の話だから、現実にどうなるかは分からない。でも、それを言ったら、そもそも今起きてる響來まわりのぜんぶ、非現実的なことだからね」

佑真《ゆうま》は一呼吸置いて、続ける。

「で、どうやって解釈を書き換えるつもり？」

「……例えば、ライブを開催する、とか」

「ライブって、響來《ゆら》のライブってこと？」

「ああ。デカいライブやって、SNSもフルに使って、年取ったあの頃の響來のファンとか、あの頃は響來のこと知らなかった奴らとか、そういう人たちの新しい解釈を集めて、響來に反映させる。そんで、最後に響來を変えてやるんだ」

「……面白い」

「んで、ひとつお願いがある」

「なに？　面白そうなお願いなら聞いてあげるよ」

俺は電話越しにもかかわらず、佑真に対して深く頭を下げた。

「お前と海《うみ》にも、ライブ開催の協力をしてほしいんだ」

佑真は三秒ほど黙って、それからくすりと笑った。

「僕、そういうの大好き」

＊

響來がとうとう、全国的に騒がれ始めている。

動画がアップロードされるたびに憶測が憶測を呼び、ネットニュースをかっさらい、とうとう地上波までが響來を取り上げるようになった。その一挙手一投足が、話題を呼んだ。

『あなたはどうして、変わってゆくの』

でも、いくら騒がれても、響來が語りかける言葉の内容は変わらなかった。

間違いない。響來は何か理由があって、「変われないこと」「変わること」に執着している。

だったら、俺達がとれる手段は一つだ。

タワーマンションの一室。俺はソファーに座っている。隣に明澄《あけすみ》はいない。

彼女は今、俺に頼まれて歩いてそこそこかかる中華屋のテイクアウトを買いに行っている。

本来であれば買い出し係は俺なのだけど、今日はわがまま言って代わってもらった。

「……悪いな、明澄」

俺達が今すべきなのは、響來との敵対じゃない。あいつとの交渉と、一時的な協力関係だ。

もしも響來を変えてやるために、ひいては俺たちのキャラを取り戻すために、あいつのラストライブを強行するとして。響來の協力がなければ、それはどう考えても成立しないだろう。

でも、響來との協力には、キャラを奪われるリスクが付きまとう。だから、ひとまず俺一人で交渉の場に立とうと思っていた。でも、「私の問題でもあるから」と、明澄が言って聞かなかった。だから、明澄の居ない隙に危ないターンは済ませておこう、という魂胆だ。

「響來《ゆら》、出て来いよ」

あいつは言っていた。自分を見たいと望んだ人間にだけ、自分の存在は見えるのだと。

……だったら。心から、あいつを必要としているこの状況なら——。

「パパ、どうしたの？」

ぱっと、視界が明るくなった。

俺が呼んで間もなく、薄水色の髪の少女の立体映像が、テーブルの上に立って現れた。

「……よう、久しぶりだな」

何度見ても、慣れない。

「わたしに恨み言のひとつでも言いたくなったのかしら」

「めちゃくちゃ言いてえよ。おかげで人生設計めちゃくちゃだしな。……でも」

俺は感情の感じられないその瞳《ひとみ》を、強く見返す。

「そんなことのために呼んだんじゃねえよ。今日は、お前と交渉しにきた」

「交渉？」

響來は、ちょこんと首を傾げる。

「単刀直入に言う。——俺は、お前を変えてやれる」

「……なに、を、言って」

その瞳に、あからさまな動揺が見えた。ああ、やっぱりお前は。

刺すなら、今しかない。

「響來という存在を変えてやれる。本当だ。神に誓う」

「…………目を見れば、嘘《うそ》つきはわかるわ。パパは、本気で、言っている、みたいね」

「ああ。ちゃんとしたプランもある」

だから。俺はそう言って、頭を深く下げた。

「お前を変えてやる代わりに、少しの間、俺たちに協力してほしい。お前を変えてやるために、プロジェクト響來のラストライブを開催したいんだ」

長い沈黙があった。息が、詰まった。俺は、恐る恐る顔をあげる。

響來は――――勝気に、笑っていた。

「それが交渉かしら？」

「……ああ」

「だったら、交渉成立ね。わたしに断る理由がないもの」

「……助かる」

「その代わり――――約束を破ったら、今度は容赦しないから」

「今までは容赦してたつもりなのかよ」

なんだか、不思議な感覚だった。あれだけ言葉の通じなかった響來と、普通に話している。

こんな日が来るなんて、考えもしなかった。だからつい、もう一つだけ聞きたくなった。

「なあ、響來《ゆら》。お前、なんでそこまでして変わりたいんだ?」

「だって」

彼女は俯《うつむ》いて、悔しそうに目を細めた。

「変わったなんて言って、みんな、堕落してるじゃない」

それから響來は、溜まったものを吐き出すように語り始める。

「いろんな人を見てきたの。みんな、嘘《うそ》みたいに変わっていく」

言葉の端が、滲《にじ》むみたいに震える。

「ライブでステージに立ってくれた葛藤《かっとう》者代表の子たちも、みんな変わっていく。全部捨てて、平気で変わっていく。変わって、へらへら笑ってやがる」

その拳が、固く握られている。

「実家の家業を継ぎたくない。自分の人生は自分の手で決めたい。……泣きながら言ってた高校生の女の子が、去年、お母さんと店先に立ってたわ。何の悩みもなさそうに、笑ってたわ」

「……ああ、まあ、そういうもんだ」

「小学生の頃から仲のいい友達の女の子を好きになってしまったけれど、今の関係が壊れるのも怖い。でも、中学を卒業するまでに想いを伝えたい。……そう言ってた男の子が、高校入ってすぐ、別の子と付き合ってた。好きだった子とはなあなあのまま、幸せそうにしてたわ」

響來は途中で何度もつっかえながら、悲しそうに、悔しそうに、言葉を紡ぐ。

「昔、わたしを創ってくれた人は、特別で輝いてて、普通の人と違う人になってやるんだって、思ってた。……でも、一年経ったら変わってた。普通の人に成り下がって、それを平然と受け入れて、普通の人たちと、普通に笑ってた」

「どんな妥協も誤魔化《ごまか》しも大嫌いだったはずのママは、いつの間にか、自分の弱さから目を逸《そ》らすためだけに生き続けてた」

感情の熱を帯びた、棘《とげ》のある声色。責め立てるような言葉の応酬。

彼女は——それから、顔を隠すように下を向いた。

「そんなの、許せないじゃない。全員が全員堕落してる。そのことを平気で笑ってる。…………間違ってるわ。そんなの、醜いわ」

「そうか」

時を止める。ひとつ、俺はなんの捻りもない相槌《あいづち》を打った。

瞬間、顔を伏せていた響來は、弾かれたように俺のことを見る。信じられない、という目だった。自らの言葉を軽くあしらわれたと思って、俺を軽蔑《けいべつ》しているのかもしれない。

でも、……そうじゃない。響來の感じてきた苦しみは。葛藤は。痛みは。その声の揺らぎからすべて伝わっていた。直視できないほど、胸が苦しい。でも、だからこそ。

俺が本当に救い上げてやるべきなのは、その憎しみや怒りのほうじゃない。

「だから、お前は知りたいんだな」

響來《ゆら》が目を見開いて、こちらを見る。

「自分は変われないのに、みんなは平気で変わっていく理由を。みんなが変化していく、その本当の理由を、自分自身も変わって理解してみたいんだな」

こんなの、ただの推論だ。でも——。

誰よりも正しくて変われない彼女が否定の言葉を返さなかったのが、何よりの証拠だろう。

彼女は、みんなの気持ちを知りたくて、変わりたがっている。

「……そうね」

悔しそうに、口元を歪める響來。

「だって、ひとりぼっちは寂しいもの。だったら、せめて、分かりたいじゃない」

「ああ。お前は正しいよ」

俺はなるべく優しい声音を作って、彼女にエールを送った。

「ちゃんと、納得できるといいな」

それから、俺は響來とたわいもない話をした。なんだか昔の自分と話している気分になって、心の裏側がむずがゆかった。そして、そろそろ明澄《あけすみ》が返ってくる時間だと思い、俺が会話を切り上げると、響來は空気を読むかのようにすっと消えた。

「マガリ！　さあ、いざ中華たべながら響來と交渉だよ！」

入れ替わりで、手から袋をぶら下げた明澄がやる気満々で返ってきた。

「終わった」

「……なにが」

「交渉」

「…………」

「いや、悪いと思ったんだけどさ。俺一人のほうが何かと都合がいいと――」

「マガリ、無事なの？」

一瞬で事態を呑み込んだのか、明澄が心配そうに聞いてくる。

「ああ、ばっちりだ」

「二度としないで」

「……え」

「そうやってリスクを一人で背負おうとするの、もうしないでほしい」

明澄は、少し寂しそうに怒っていた。目が合う。

俺としてもそんな顔はさせたくなかった。……でも悪い。これしかなかったんだ。

「善処するよ」

「……もう」

それ以上、明澄が怒ることはなかった。

それから、俺たちは中華を囲みながら、緩やかな仲直りをした。

「マガリは昔から、私にいいとこ見せたくて仕方ないんだもんね」

「……そんなことは」

明澄《あけすみ》は目を細めて、視線で俺をくすぐる。ころころ変わる表情は元からだっけ。それとも、俺の知らない間に芸能界で身につけたりしたんだろうか。

「ほんとさー。マガリって、変なとこ秘密主義だから」

「そうか？　秘密なんて一つもないけど」

明澄は、いたずらをした子供を見つめる母親みたいな目でじーっと俺を見つめた。

「……いや、なに」

「マガリ、まだ私に隠してること、あるよね」

そう言われて、脳内検索する。でも、大した秘密は見つからなかった。

「……たぶん、ない、と思うけど？」

明澄は俺の言葉に返事せず、ただスマホをいじっていた。

……あれ、機嫌損ねちゃっただろうか。そう心配になり、俺が何か気の利いたことを言おうとしたその時。

明澄は黄門様の印籠《いんろう》のように、スマホの画面を俺に見せつけた。……目を、疑った。

〈street corner〉subscribe――1207

そこには、へんてこな投稿者名と、雀の涙ほどの登録者数。

表示されていたのは、紛れもなく。

「………お前、これ、……なんで」

「たまたま見つけただけだよ」

――一年前から俺が運営している、YouTubeの楽曲投稿用アカウントだった。

暇つぶしの、はずで。

………遊びのはずで始めた、アカウントだった。

ずっと、暇つぶしだと。そう言い聞かせて、今日までズルズルと続けてきて。

「たまたまって、……こんな零細アカウント、偶然見つからんだろ」

「案外偶然じゃないかもよ。振子《ふりこ》のファーストアルバムのラストトラック。たまたま聴きたくなって、検索したんだ。そしたら、弾き語ってる人、いて」

やり場のない胸のべたつきをどこに廃棄していいかわからず、俺はただ下を向いた。

「聴いたら、まんまマガリの声で笑っちゃった。おまけに名前まで曲がり角だし。……マガリ、あの曲が一番好きだったもんね」

「………」

「見つけた時、なんか、嬉《うれ》しかった。私、まだ一人じゃないって、思った」

囁《ささや》くみたいなその声が、どんな巨漢の絶叫よりも脳髄《のうずい》にクリアに響いてくる。

「マガリの作った最近の曲もぜんぶ聴いたよ」

ああ、ガンガンする。心揺らぐ必要なんて、これっぽっちも無いはずなのに。

最初から、暇つぶしだと割り切って始めた活動だ。余計な熱も勘違いも、十五歳のあの日に置いてきた。それでも不安だったから、無駄な期待をしないよう自分へ何度も念を押した。

だから、俺の選び取ってきた生き方は、万全だったはずだ。

「奇術師のミルクティー・ロンド。あの曲、最高だった」

……それなのに、こんなちっぽけな言葉一つで崩れてしまうのなら。

「私にとっては、宇宙一だった」

たった一人からの肯定で、目の奥が熱を持ってしまうのなら。

「マガリ、やっぱりイケてるよ」

そんな決意、全部ハリボテだ。

「……やめてくれ。恥ずかしくて、死ぬ」

緩んだ糸口から溢《あふ》れそうになる感情の雫《しずく》を、目頭をこわばらせて必死に押し込めた。

これ以上、何も喋《しゃべ》れない気がした。次に声を出したら、きっと泣いてしまうから。

明澄《あけすみ》は、得意げに微笑《ほほえ》んでいた。世界の全部を手に入れたみたいな傲慢《ごうまん》さで俺を見ていた。

「ねえ、マガリ。こんな素敵なもの、マガリは遊び半分で作れちゃうんだね」

声が放たれる。今さら強がっても無駄だった。とっくに、本当は最初から気付いていた。

それでも、形だけでも、俺は意地を張り続ける。

「ああ。全部お遊びだ。暇つぶしだ。暇つぶしで傑作作って悪かったな」

ああ、ダサい。ダサい。ダササも極まっている。

だって、こんなこと抜かしながら、大の男がボロボロ泣いてるのだから。

優しく、変わらない瞳《ひとみ》。明澄の両腕が伸びてきて、冷えた感触が頰《ほお》に触れた。

絹のように白い指が、俺の涙を掬《すく》った。

「マガリはダサかっこいいから、自分に期待するのやめられないよ」

ああ、眩《まぶ》しい。何もかもが滲《にじ》んで、仕方がない。

「マガリが自分のこと見捨てちゃっても、私はマガリに期待するの、やめてあげない」

何も、言えなくて。ただ、呆然としていた。

「ねえ。響來《ゆら》のラストライブ、するんでしょ？」

「……ああ、そう、だけ、ど」

「だったらさ」

明澄は可憐《かれん》に笑った。

「あの頃の私たちができなかったもの、二人ででっかく作っちゃおうよ」

一人の世界で止まっていた生活が、五人になって転がりだした。

＊

ラストライブに向けて、やることをリストアップする。

会場の抑えと、資金調達、そして企画立て。佑真《ゆうま》と海《うみ》にも、そのことを相談した。

結論から言えば、二人は協力してくれた。佑真は単に面白そうだから。それに、明澄《あけすみ》の役に立ちたいから。そして、海は俺に借りを返したいのだという。何も貸した覚えはないけど。

海は持ち前の謎《なぞ》人脈で、会場レンタルのために動いてくれた。

佑真は莫大な資金を、クラウドファンディングという方法で、今全国で騒がれている響來《ゆら》に興味を持つ人々に訴えかける形で調達する方向に導いてくれた。

とはいえ、それを成立させるためには、話題を手っ取り早く集めないといけなかった。

そこで、俺はとあるアカウントをSNS上に設立した。

【響來　代理人】――――@magarikado21

名前は「響來　代理人」。プロフィールには自分が響來の原案者であること。響來と暮らしていること。センセーショナルな情報と判断したものはすべてぶち込んだ。

そして、信憑性を得るために、俺は初ツイートに添付して、一本の動画を投稿した。

『よう、響來』

『………パパ、いきなりなに？　気持ち悪いわ』

『そう言うなってー。一緒に暮らしてきた仲だろ。うりうり』

『……やっぱり今日のパパ、おかしい。何考えてるの？』

生活感のある自室の六畳間。薄暗い部屋に、淡く発光する響來と、お面を被《かぶ》った俺。

再生時間13秒。６３９万再生。11万リツイート。

見たことのない数字で、そのだいたいの規模感すら摑めなくて、ただ笑うしかなかった。日本中が見ている。その視線だけが、痛いくらいに感じられた。手が震えた。

こんなの、俺にとってはすっかり日常になってしまった数秒だ。でも、一億人にとっては目を疑う数秒だったに違いない。だって、あの「響來」が、誰かの部屋の中でくつろいでいるのだから。お面を被った「原案者」を標榜《ひょうぼう》する男のことを、パパと呼んでいるのだから。

「マガリ、あと二分だから準備」

そして、今日がダメ押しだ。机上にはひょっとこのお面がひとつ。俺はこれから、ライブ配信をする。数日後の掲載開始に向けて、支援をお願いするために。

『12日の夜七時からライブ配信します。重要なお願いについて。響來も出るよ、見てね』

それだけの簡素な文面は、すでに数万回拡散されている。人が集まらないわけがない。

俺は両手で、ぺちんと頰《ほお》を叩いた。それでようやく、目が覚めた気がした。

向かいには、明澄の用意してくれ小型の高性能カメラ。正面を向く。明澄が笑っている。

クラッパーボード代わりに、彼女の手が鳴らされ、幕が開ける。

「……っと、始まったかな。……改めまして、皆さん、はじめまして。ツイッターの響來《ゆら》代理人と同一人物です。本日は皆様に重大なお願いがあって、集まっていただきました」

同時接続人数が表示される。――――10万人。

膨大な数字にさして驚かなかった自分に気付いて、笑ってしまう。お面の下でカメラ目線を続けながら、俺は単刀直入に切り出した。

「お願いというのは、ずばり、お金のことです。数日後、私はクラウドファンディング上にとあるプロジェクトを掲載します。内容は、響來のことです。響來の今後に関わることです。ぜひ、私と共犯者になりましょう。みなさん、どうかチェックよろしくお願いします」

パン、と一度、俺は大げさに手を鳴らした。その音を合図に。

カメラの前には――――薄水色の髪の少女が、音もなく現れる。響來は不思議そうに、カメラを覗き込んでいる。「え、響來」「響來！」「マジで居んじゃん」「どういうしくみ?」「覗きこむのかわいい」加速するチャット欄。指数関数的に、目に見えて熱量が上がっていく。

いいぞ。もっと派手に踊ってくれよ。派手なら派手なほどいい。

響來は俺の指示したとおり、不満げな顔でカメラの前に気をつけすると。

「よろしく、お願い、します?」

可愛らしくちょこんとお辞儀した。やっぱり不満そうだった。

それから、俺たちは響來代理人のアカウントでとあるハッシュタグを広めた。

＃ わたしと響來

このタグとともに、響來のファンアートやファンレター、ただの解釈でも散文でもなんでもいい、とにかくそれらをライブの日まで投稿せずに用意していてほしいということを伝えた。

何かおもしろいことが起こるから、という触れ込みで。そのおかげでハッシュタグのお願いツイートは瞬く間に拡散されたが、肝心の投稿はまばらで、つまりすべては大体思いどおりに進んでいた。明澄《あけすみ》と二人で駆け抜ける日々は、少しだけあの頃の空気に似ていて。一番楽しかった頃の匂いがして。わくわくして、しょうがなかった。

「あとは、あれ、そろそろ手つけないとな」

そして、俺達にはライブプランの制作のほかに、一つ、大きすぎる宿題が残されていた。

新曲の制作。

プロジェクト響來のラストライブと銘打つからには、セトリが全部既存曲では恰好《かっこう》がつかない。欲を言えば、「これが『響來』の到達点です」と誰もが分かるような一曲が欲しい。

曲は消去法で俺がやるとして、問題は歌詞だ。

歌詞は、直接メッセージ性にかかわる。新曲の歌詞は、ラストライブをラストライブたらしめる最重要なラスト一ピースであると言っても過言ではない。

「あの頃は歌詞とか、俺達二人で考えてたよな」

「うん。それで、さ」

明澄《あけすみ》は少し遠慮がちに、言った。

「マガリさえよければ、また、二人で作ってみたい、んだよね」

俺だってはなからそのつもりだった。でも、その言葉を明澄の口から聞けたことが、今は死ぬほど嬉《うれ》しかったりする。だから。

「ああ。ちゃんとあいつの最期にふさわしい歌詞、作ってやろうぜ」

「……うん！」

こうして、俺達はあの頃と全く同じ制作スタンスで曲作りに取り掛かった。

「でもさ、具体的にどんな歌詞がいいのかな」

「そうだな……俺たちが何を伝えたいのかと、観客が何を受け取りたいか、とかか？」

「本当はどっちも満たせるのがいいよね」

明澄は自前のノートに、ボールペンでメモを書き残していく。

「みんな、あの頃とは変わってるはずだよね。響來《ゆら》が打ち切られてからも、みんな生きてきた時間があるんだから。だったら、そういう時間も掬《すく》い上げてあげられる歌詞にしたいな」

その明澄の考えは、不思議と心にすっと染み込んだ。

空白の時間。響來が打ち切られてから、二年半。

みんな、少しずつ変わっているはずなのだ。

「まあ……俺達にできるのは、俺達のあの頃から変わった部分から、観客のみんなの変化とか空白の時間を想像することくらいか？」

明澄は頷く。

「だったら……そうだね……。今、しなきゃいけないことは」

明澄は少し考えて、それから微笑《ほほえ》んだ。

「私たちが知らないお互いの四年間を共有して、空白を取り戻すことじゃないかな」

*

その翌日から、俺達の歌詞合宿が始まった。お互いの思い入れの強い場所を巡っていく旅だ。

まずは明澄の四年間を、俺が知るところから。彼女がどんな四年間を送っていたのか素直に気になる気持ちと、知るのが怖い気持ちが混在していた。

「明澄は四年間配信したりテレビ出たりしてた訳だけど、たぶんそういうとこは入れないよな」

俺が純粋に思って聞くと、明澄は遠い目をして言った。

「私、ずっとそんな明るい場所にいたわけじゃないよ。大体は一人で家にいたか、一人でどっか気晴らしに行ってた記憶しかない。だから、そういうとこ、付き合ってよ」

明澄《あけすみ》が最初に俺を連れて行ってくれたのは、都内のカラオケだった。受付で会員証が必要になって俺がもたついていると、明澄はスマホをすっと店員さんに差し出す。

「……ゴールド会員って」

明澄は俺のいない世界で、どれだけ一人の瞬間を積み上げてきたのだろう。

ドリンクバーに寄って、それから二人並んで狭い個室に辿《たど》り着く。

「マガリ、なんか歌えば？」

「いや、明澄の四年間を知るターンなのに俺が入れちゃ意味ないだろ」

「そう？　じゃあ、遠慮なく」

そう言って、明澄は慣れた手つきでデンモクを操作し始める。……そう言えば、あの頃あれだけ音楽やってたのに、結局二人でカラオケに来たことは一度もなかった。明澄って、どんな歌を歌うんだろう。可愛らしい曲、女の子って感じの曲、逆にクールな曲や爽やかロック。よく聴いていたオルタナ。何でも似合う気がしたし、全部明澄の曲になってしまう気もした。

そして、彼女が悩むことなく一曲目に転送したのは、俺の知らない曲だった。流れ出したのは、激しいバンドサウンドと澄んだピアノの旋律が共存している、不思議な曲。

明澄は音が聞こえるくらい息を吸い込んで、叫ぶように歌い始めた。

「死ねよ！　今すぐ！　お前らみたいなの！　なんの価値もないくせしてさぁ！」

呆気に取られる。明澄は取りつかれたような目で、画面を見つめながら歌い続ける。

怒りにも、失望にも、悲しみにも聞こえる震えを孕《はら》んで、声は伸びて、消えていく。

それからも呪詛を並べた曲は続いて、続いて、そのまま終わった。

一瞬で訪れる沈黙。カラオケ専用のバラエティ番組が間を埋めるように流れ始める。

……なんか、言わないと。でも、言葉なんて出なくて。とっさに、俺は拍手をした。

何度も、何度も、手を叩いた。明澄と、目が合う。その瞳《ひとみ》が、三日月型に形を変える。

「あ――! なんか、いい! いいな――!」

明澄はマイクを通したまま抜けるような笑みでそう言った。

「誰かに聞いてもらえてるって感じする」

いや、聞くだけなら、いくらでもできるけどさ。

「……この曲、思い出の一曲だったりするのか?」

「収録現場の裏で、私のこと何も知らない奴から人格否定されたり。SNSに『童話《どうわ》ちゃんの声聞いてるだけでイライラする』って書かれたり。そういう時、ここに来て、必ずこの曲歌ってた。今も時々歌ってる。泣きながら叫ぶとさ、それだけですっきりするんだよ。どれだけ傷つけられても、闘ってる私の勝ちだって、思えるから」

あまりに穏やかなトーンで言うものだから、俺はどんな感情になればいいのか分からなかった。俺が明澄から目を逸《そ》らして普通に生きてた四年間、彼女は悪意や心無い言葉に晒《さら》されながら、傷つきながら、それでも立ち向かおうとしていた。打ち勝とうとしていた。

それは、あまりに痛ましくて、でもそれ以上に眩《まぶ》しくて。

気付いた時には、俺はまた拍手していた。

「……マガリ?」

ぱちぱちぱちぱち、ぱちぱち、ぱちぱち、ぱち、ぱち。

いくら拍手しても、足りないのだ。彼女の歌を、四年間を、人生を称賛するためには。

「……やめ、てよ。恥ずかし、しい、じゃん」

そう言って明澄《あけすみ》は。

——ボロボロ、泣き出してしまった。静かに、顔も崩さず、涙を零《こぼ》す。

「いい歌には、拍手が付きものだからな」

「ありがと。……ありがと、マガリ」

「俺が手叩きたくなったからそうしてるだけだ」

なんとなく、涙の理由まで伝わってきてしまった。俺にも覚えがある。

ずっと一人で完結させてきた感情を、不意に誰かに掬《すく》ってもらえると、それだけで泣いてしまうものなのだ。

それからも、明澄はいろいろな曲を歌い続けた。朝を迎えるのが億劫で仕方がない女の子の曲。自分が死ぬことで世界が救われればいいのにな、と切望する少年の曲。「君はえらいよ」とひたすらに肯定を繰り返す曲。俺は明澄が一曲歌い終えるたびに、大げさなくらいの拍手を送った。そこには、明澄の四年間の葛藤《かっとう》が詰まっていた。俺にできることなんて、歌を聴いて、拍手をすることとくらいだけど。それでも、俺は一人で闘っていた十五歳の明澄も、十六歳の明澄も、十七歳の明澄も、十八歳の明澄も、十九歳の明澄も、その一人ひとりに手を差し伸べて、その心ごとぎゅっと抱きしめる気持ちで手を叩き続けた。明澄は泣いて、泣き止んで、また泣いたりして。それでも、次第に穏やかな表情になっていった。

「私、本当は誰かに見つけてもらいたくて、そのために頑張ってたのかな」

自信なさげに呟くような声だった。俺は少しだけ考えて、でも、結局首を横に振った。

「いや、違うだろ。明澄は、やっぱり明澄のために頑張ってたんだと思うよ。ずっとさ」

そう言うと、明澄はまたちょっとだけ泣きそうになっていた。

結局、その日はフリータイムをしゃぶり尽くすように歌い切った。最後のほうは、響來《ゆら》のあの頃の曲も歌ったりした。二人で、一緒に歌った。

「私さ、今もずっと、響來から逃げてるんだ」

「そりゃ、怖くてもしょうがないと思うけど」

俺がそう言うと、明澄は小さく首を振って、「違うよ」と優しく言った。

「私が響來のこと怖いのは、キャラ奪われたからじゃない。あの子を見ると、十五歳の頃の自分が美しく見えてさ。それが正しくて、今の自分が間違ってるみたいで……だから、怖いの」

響來は俺達の十五歳の結晶だ。だから、明澄は昔の自分を直視することを恐れている。

その輝きを認めてしまえば、今の自分がどこまでも汚れたものに見えてしまうから。

「あの頃はさ、不確かなもののために頑張れてたよね。でも、今はどうなんだろう」

その言葉の破片は、俺の胸にも突き刺さってしまった。あの頃の自分には、確かに信じているものがあった。価値があった。じゃあ……今は？

「童話《どうわ》ちゃんって、さ。もともと、ぜんぶ諦めるために作ったキャラなんだ」


それからも、明澄《あけすみ》を知るための旅は続いた。基本的には、明澄があの頃していたことをしながら、話を聞いて。それから、二人でノートを書きながら、歌詞に落とし込む。

例えば、明澄がよく通っていたマンガ喫茶に行った。明澄は惨めな気分になった時、よく物語の世界に逃避していたのだという。当時読んでいた漫画をチョイスして一巻を読ませてもらった。ほとんどが少女漫画だった。なぜだか、胸がちくりと痛んだ。

とある日は、夜の道をあてもなく散歩した。明澄は久しぶりに、嫌いなものの話を聞かせてくれた。好きなものと、嫌いなもの。結局俺達を繋《つな》いでくれたのはその二つなのだ。


そして、とある日は行き先すら教えられないまま、明澄の先導で街を歩いた。

この日の明澄は、いつもと少し雰囲気が違った。

「なあ、明澄。こんな外れの路地に何が――――」

無言で先導する彼女にのこのこついていくと、目の前に現れたのは。

「……いや。……ま、待てって」

お城のような建物の数々。出ている看板には、「休憩4800円～」の文字。

来たこともなかったけど、どう見てもたぶんホテル街ってやつだった。

……嘘《うそ》、だろ？

この旅は、俺が知らない明澄の四年間を埋めるためのものだ。もしも、ここが彼女の言う思い出の場所なのだとしたら。……悪い想像ばかりが頭をめぐる。

たとえば、四年間、彼女を傍で支えた男がいたとして。今から俺はその話を――。

「マガリは今、十五歳マガリだから、ちょっと刺激が強すぎたかなぁ」

明澄が目を合わせてくる。心なしか、仕草の一つひとつが妖艶《ようえん》に見えてくる。

「マガリ」

明澄は俺の声を遮って…………それから、心底おかしそうに噴き出した。

「いや、そんなわけないじゃん。もし本当にそういうことしてたとしたって言わないよ」

「……あ、ああ。いや、いや、それは、わかってたけど」

「マガリ可愛い」

途端に、身体が弛緩していく。

「でも、ある意味でここが思い出の場所なのはほんとだよ」

明澄《あけすみ》は呆れるように、顔を緩めた。

「昔、お仕事上手くいかなくて、一人でどうしようもなくなった時さ。相談乗ってくれた人がいたんだよね。毎日のように呼び出しても全然怒んなくて、だから信頼して、なんでも話して」

その声が、少しずつか細くなっていく。

「で、ある日、急にここ連れてこられたんだ」

「……」

「丁度ここらへんの路地だった」

突き落とされるような感覚。

「……それで、結局、どうなったんだ」

「警察呼ぶって言って、ダッシュで逃げたら、追っても来なかったよ」

その言葉を聞いて、安堵と自分に対する情けなさが同時に押し寄せる。

明澄が怖い目に遭っている時、俺は、のんきに高校生やってて……。明澄が裏切られたことすら、俺は知らないままで。

「まあ、さ。その話はいいじゃん」

明澄は何か言いづらそうに、俺を見つめてくる。俺は、気持ちを切り替えられないまま。

「で、さ。今日は、ちょっとしたいことあるんだよね」

一瞬どうしようもない妄想に囚われて、慌ててそれらすべてを頭から追い出す。

「……その。私、べつにそのことはなんにも引きずってないんだけどさ。……でも、それ以来、信頼できる男の人ができても、みんな……そんな、なんじゃないかって、ちょっと、怖くて」

明澄は途切れ途切れに、でも真摯に、言葉を紡ぐ。

「だから。今日はこの通りを、マガリと歩きたいんだ」

怯《おび》えるように、上目遣いで。

「……歩きたい？」

「うん。歩いて、それで、そのまま素通りするん……だ」

その言葉で、やっと明澄のやりたいことが分かった。彼女は、俺を疑っている訳じゃない。

それでも、そういうのとは別の次元で、手触りで信頼の形を確かめたいのだ。

べつに、言ってしまえば俺も男だ。そういう気持ちや欲がない訳ではない。

けれど、そんなことで明澄を失うことと天秤にかければ、死んでもそんな選択は取らない。

「じゃあ、ぼちぼち歩くか」

俺が言うと——明澄は、瞳《ひとみ》を少し潤ませて、何も言わず頷いた。

それから二人で、ホテル街を、会話もなく歩いた。流れていく灯りやネオンを、ぼんやり眺めた。何人ものカップルが手を繋《つな》いでお城に吸い込まれていくのを、ただ眺めた。

なぜだろう。それだけのことが、どうしようもないくらいに幸せだった。何より、信頼されているのが嬉《うれ》しかった。心地よい時間だった。……でも。

「ねえ、マガリ」

「なんだ?」

「——私、マガリとずっと一緒に居ちゃいけないのかな」

突然、寂しそうな、悔やむような、葛藤《かっとう》を凝縮したような声で。

明澄《あけすみ》は、そう言った。絶対に、何か言わないといけない場面だった。でも、何も言えなかった。その言葉には、言葉以上の何かが隠されている気がしたから。

「……ごめん、忘れて。それより、明日からマガリのターンね」

ついぞ、何も言えなかった。そこで、歌詞合宿は折り返しになった。


俺のターンは、正直味気のないものだったと思う。友達と駄弁った駅前とか、そんなところばかりを明澄に紹介した。それでも、明澄は楽しそうだった。そして、歌詞もあらかた完成してきた頃。俺たちは、歌詞を仕上げるための最終作業として、二人の母校に凱旋した。ちゃんと、許可は取った。冬休み中で生徒がいないことが幸いして、知ってる先生のツテでこっそり学校に入れてもらえた。屋上階段、教室、色々周り終わった後で。

満を持して、俺達は「そこ」に訪れた。

「……わ。ほんとに、まだあったんだ」

世界が夕焼け色に染まっている。保健室には、俺達以外に誰もいない。

学校が人体なら、きっとここは腎臓だろう。

あの頃、この保健室の景色を眺めながら、そんなことを考えたのを覚えている。

あれから、四年半が経った。今なら――こう思う。

学校が人体なら、きっとここは腎臓だろう。

でも――腎臓の中でしか生きられない奴にとって、そこは確かに大切で、温かくて、自分たちを守ってくれる、そんな居場所だった。

「ねえ、マガリぃ」

明澄が、少しだけ甘えるように語尾を伸ばして俺を呼んだ。

こういう時は、大体何か企みがあるときだ。

「なにがご所望だ?」

「……再現VTRする」

「なんの」

俺の質問には答えず、明澄はベッドに乗ると、そのままカーテンを閉めてしまった。

それで――理解する。こんなの……恥ずかしくてどうしようもない。

「開けていいか?」

返事はない。俺は十秒ほど待って、それから一思いにカーテンを開けた。

あの日と違って、そこに――――「初めて」はもうなかった。

代わりに、「特別」が座っていた。

十九歳の明澄俐乃《あけすみりの》が、夕暮れる世界の中心で、ミルクティーを飲むふりをしていた。

なぜか、一瞬涙が出そうになった。

「……あの、何?」

少しだけあの日より大人びた声で、彼女はあの日と同じセリフを吐く。

「は?」

「いや、いきなり他人のカーテン開けといて、無言はないでしょ」

十九歳の女の子が、保健室のベッドに座って、俺を期待に満ちた表情で見上げている。

……………はあ。結局、恥をかくのは俺だ。

「ごせんーさーんーびゃーくのーあーさを、まるめーてーくーじーばーこーのーなーかに」

俺は大声で、あの日二人を繋《つな》いでくれた曲を熱唱した。

明澄は、笑いを堪えるように下を向いた。くすぐられているわけでもないのに、くすぐったくてしょうがなかった。

「……好きなの、振子《ふりこ》。振子職人《しきと》」

「ああ、超好き。お前は?」

彼女はようやく顔を上げ、ほのかに色づいた頰《ほお》を見せた。

「好き。君と同じくらい、ちゃんと好き」

それで、再現VTRはおしまいになった。

世界のすべてが一瞬だけ優しくなった、そんな錯覚があった。

「なんか、思い出すなぁ」

明澄は過去を愛《いと》おしむように目を細める。

「ほんと、……敵だらけだったなぁ。げた箱は植物園だしさ」

彼女は昔から、どれだけ悪意に晒《さら》されても、華やかであり続けた。

「あの頃も……きっと今も。私の敵はずっと、ありのままで生きて幸せそうにしてる奴で、そのままじゃ幸せになれなかったありのままの自分なんだ」

あの頃の彼女がよく言っていたことと、今の彼女の言葉が重なる。

「ほんとは、ありのままに何の罪もないのにね」

そう言って、明澄は自嘲《じちょう》的に笑う。……でも。

「確かに、ありのままで幸せになれる奴はそのまま生きればいいよな。でもさ、そのままの自分が嫌いな明澄だったから、きっと明澄は明澄なんだろ」

「……え?」

「傷つきながら闘ってる奴が一番偉くて、一番美しいんだよ」

それは、いつかの彼女がよく言っていた言葉のリフレイン。

「……覚えててくれたんだ」

「忘れらんねえよ。あんな説得力のある言葉、そのとおりに生きてた明澄《あけすみ》しか言えないからな」

その瞳《ひとみ》が、僅かに揺らいだ。

「だから。傷つきながら闘ってる明澄は誰よりも美しかったし、今も美しいんだと思うよ」

「……私の四年間、無駄じゃなかったのかな」

「ああ。それだって、ぜんぶ明澄だからな」

「じゃあ……やっぱり、無駄にしたくないな」

明澄は、ちょっとだけ陰のある声で言った。だから、話を変えたくて、俺は言った。

「なあ。歌詞の残りのワンフレーズがさ、そこだけ空白だっただろ？　たぶん、今決まった」

「そっか。じゃあ、……完成だね」

少しだけ残念そうな、寂しそうな声。

「いや、二人の作品だ。明澄にも、いいと思ってもらえないとボツだからな」

とくん、と心臓がはねた。

陽が、その横顔に色を付けている。俺は、明澄の耳元に手を当て。

そっと、そのフレーズを耳打ちした。

明澄は――――。

「いい、ね」

嘘《うそ》も含みようがない素直な声で、ただ、それだけ言った。

満たされていく感覚だけが、ただそこにはあった。

きっと、明澄も同じ感覚を共有してくれていたのだと思う。

こんな完璧な一日にタイトルをつけるなら、一体何になるのだろう?

ダサい邦題みたいになるのだろうか。そんなことを考えていた。

そんな、最高の日の翌日から。

明澄は、少しおかしくなった。

*

まるで、生蒸しの蒸し魚みたいだった。

理由を聞いても、「なんでもない」の一点張り。どうやら、本当に体調が悪いわけではなさそうだ。なのに、どこか、ずっと心ここにあらずといった感じで。

俺は、それに引きずられて、煮え切らない気分で心を満たしていた。

「なあ、明澄。明澄!」

「わ、え、ああ、なに?」

「ほんと、どうしたんだよ。最近おかしいぞ」

もう、ライブも迫ってきているというのに。

結局、海《うみ》は持ち前の人脈を駆使して、奇跡的になんとか大きめの会場を押さえてくれた。佑真《ゆうま》の提案してくれたクラウドファンディングは、「響來《ゆら》代理人」の効果や響來のライブ配信効果もあってか、開催直後にはすぐに目標金額を達成した。

何百万という人間が俺達の動向に注目している。あとは、俺達の仕事だ。それなのに……。

「ん？」

ラインの通知が来た。チェックすると、想定外の人物からの連絡だった。

アカウント表示は、『煙井《たばい》　響《ひびき》』。

≫マガリくん、元気？

≫ちょっと、話したいことがあるんだ。近々、会えないかな？

≫もちろん、境《さかい》の話。

なぜだろう。とても嫌な予感がした。意味もなく、心がざわついて仕方なかった。

……でも、話があったのは、丁度こちらも同じで。だから――。

*

「やあ、よく来たね」

妖艶《ようえん》な笑顔で、煙井さんは演劇じみたお辞儀をする。

「ちょうど、こっちも話したいことがあったんで」

「うんうん」

ファストフード店。山盛りポテトを挟んで、男二人が向かい合う。

「呼んでおいて申し訳ないけど、あんまり時間もないから、本題に移ってもいいかな」

「もちろんですよ」

互いに間合いをはかりながら、次の言葉を選ぶ。

「じゃあ、俺から一ついいですか」

「もちろん」

「煙井さんは、結局、今後境童話《どうわ》をどう導いていくつもりなんですか？」

俺が聞きたいのは、それだけだった。明澄《あけすみ》は、童話ちゃんを好きになれた。俺はそんな明澄を心から応援したいと思う。でも、俺には煙井さんみたいに、明澄を導く手立てがない。だから、目の前の男が今後の明澄のことをどう考えているのか、それが知りたかった。

「ふふっ。ボクとマガリくんは以心伝心だね」

そう言って、彼は花のように笑う。

「ボクも、その話のためにマガリくんを呼んだんだ」

なるほど。なら、話は早い。

そう思った矢先、煙井《たばい》さんの視線が、刺すような鋭さを持った。

「結論。ボクは、明澄俐乃《あけすみりの》という天才を、凡人の結論に落ち着かせたくない」

その瞳《ひとみ》が、俺を捉えて逃がさない。

「安心。信頼。居場所。そういう飽きるほど見てきた結論は彼女には似合わない。マガリくん、君のことだよ」

「……は？」

「君がいつまでも彼女を凡人の結論に誘惑するから、結果的に彼女は不利益を被っている」

「どういう意味すか」

「うーん、難しかったかな。噛み砕いて説明するね」

今にもぶん殴りたくなるほどの衝動を掻《か》き立てる喋《しゃべ》り方が、あまりに癇《かん》に障る。

「例えば、損失額の話とかね。境童話《さかいどうわ》が一日休業を伸ばすたびに、業界全体では一千万単位の損失が生まれる。凡人の君が境と仲良ししてる一日は、境にとっての何十万で、業界にとっての何千万だ。もちろん、お金がすべてとは言わないけど、お金だって大事だ」

煙井さんは滔々《とうとう》と語る。俺が明澄とくだらない映画を観て潰した一日が、テーマパークに行った一日が、歌詞を書いていた一日が、……業界にとっての何千万の損失。そんなこと、よく考えればわかったことだけど。でも、いざ言葉にして突きつけられると、重くて。

明澄の居場所だった芸能界。俺に、そんな資格は。

「もちろん、境がお休みしてるのが全部マガリくんのせいってわけじゃないだろうけど。でも、責任の一端ではあるんじゃないかなーって、思ってるんだ」

わざとらしい、甘ったるい言い回し。

そもそも、俺があいつのもとに響來《ゆら》を連れて行かなければ。そんなことが脳裏をよぎる。

「あとは、休業に関するSNSの誹謗《ひぼう》中傷とかね。境はあんまりそういう弱音を吐かないだろうけど、実際、結構来てるみたいだよ」

活動休止してから、いろんなメッセージが届くんだ。中にはろくでもないのもあるけど、大体は私を好きでいてくれる人の励ましの言葉とか、感謝とか、そういうので。

ろくでもない、でまとめたメッセージの中には、どんなものが含まれていたのだろう?

「正直、将来設計もぐちゃぐちゃだ。本当はもう二年もせずに、境は芸能界のトップにいるはずだった。マガリくんさえいなければね」

芸能界で必死に闘っていた明澄の横顔を思い出す。

応援する、なんて言いながら。機会を奪っていたのは、俺、なのか?

「まあ、なにが言いたいかってさ。……そうだなあ」

煙井さんはポテトを三本流し込み、退屈そうな目をして言った。

「マガリくんは本質的な意味で、境を何者にもできないよ。境を救うことも、境を本当に幸せにすることもできない。でも、ボクはできる。約束できる」

迷いのない、淡々とした声。

「……具体的、には」

「そうだなあ。まあ、マガリくんには言っちゃってもいいか」

煙井《たばい》さんは花が咲くように笑って、続ける。

「境《さかい》はこれから、女優進出する。お茶の間のアイドル童話《どうわ》ちゃんから、女優境童話へ」

いつかの夜、少しだけ明澄《あけすみ》がそんなことを話していたのを思い出した。……でも。

「それじゃあ、童話ちゃんは、どうなるんですか」

「……ちょっと、質問の意味がわかんないや」

「今の明澄が演じている「童話ちゃん」ってキャラクターは、どうなるんですか」

「ああ、そういう意味か。マガリくんは不思議なこと聞くね」

煙井さんは微笑《ほほえ》むと、何の関心もなさそうに言った。

「名前くらいは残るんじゃない。本質的には捨てることになるけどね。いきなり変わるのも変だから、段々フェードアウトさせていく感じかなー」

「……捨てる、って」

「だって、イメージが邪魔になることが目に見えてるもん」

明澄がずっと向き合い続けてきたキャラクターを。

長い時間をかけて、やっと明澄が好きになれたキャラクターを。

俺がはじめて応援しようと思えたキャラクターを。

目の前の男は、簡単に使い捨てると言った。

「キャラクターなんかにこだわっても、仕方なくない？　大事なのは明澄俐乃《りの》という才能が、いかに輝ける器を用意してあげられるか。それだけだ」

怒りと、無力感と、罪悪感。いろいろな感情がない交ぜになって、脳内で弾ける。直感的に、この人の言っていることは何か受け入れられない。でも、それと同じくらい。

俺は、この人を否定する力と術を持たない。

「一月三十一日」

「え？」

「その日、境は女優進出に向けた本格的なレッスンのための長期合宿に旅立つ。場所は教えられないけど、ずいぶん遠いところだ。もちろんボクも行くし、何十人という大人が動いている。今更マガリくんがどうすることもできない、彼女の将来を左右する大事な予定だね」

……あと、一か月？　目の前の男は、確かに、そう言った。

一か月で、明澄は本当に、どこかへ行ってしまう？

「だから、それまで余計な事はしないでくれると嬉《うれ》しいかなーってね」

煙井さんは微笑みながら、ゆらゆらと揺れていた。

何も言えない。明澄《あけすみ》のためにできることは、俺よりも煙井《たばい》さんのほうが明らかに多い。将来を保証してあげられるのも明らかに向こうだ。かなうところなんて、何一つない。さらなる活躍を、肝心の明澄自身も望んでいる。

ならば俺に、彼女を引き留めるような資格は。

*

救えない速度で、時間は進む。

明澄の曇った顔を見るたび、俺は複雑な気持ちになった。

すべては彼女が選ぶことで、俺が決めることなんて何もない。それでいいじゃないか、と思う自分と、「芸能界で頑張りたい」と言っていた明澄の足を明らかに引っ張っている自分と。

板挟みは、結局半月以上絶っても終わらなかった。なんなら、ますます胸のざらつきは酷くなっていった。抱えきれなくなった頃、世界はすでに一月の中旬を迎えていた。

だんだん、明澄のほうも口数が減っていった。上の空なことがさらに増えた。お互いに何かを隠すように、壊さぬように、壊れ物みたいに二人の時間を扱うようになった。

明澄は知らないわけがない。自らの女優進出計画を。一月末には、遠くに旅立たなければならないことを。だから、こんなに救えない空気になっている。きっと、明澄も同じように、板挟みになっているのだと思う。

でも、壊れ物みたいな時間は、落ちて割れて終わりを告げる。

それは、冬の夜のタワーマンションの一室。

「マガリ」

ローテーブルの上には、ラストライブの企画書。響來《ゆら》の姿はない。

「ねえ、マガリ」

少しだけかすれた声で、明澄は言った。

その俯《うつむ》き加減に、ああ、これで終わりか、と意味もなく思った。

「マガリも、知ってるよね」

「……なにが」

明澄は自嘲《じちょう》気味に笑う。

「わかってるくせに」

「……ああ。そうだな」

「煙井さんが、マガリにも伝えたって言ってた」

「合宿の話か?」

「うん」

その声は、あの頃聴かせてくれた歌声みたいに揺らいでいた。

「ライブの日と、合宿の出発の日、一緒の日、で」

「ああ、知ってる」

何、冷静なフリしてんだよ、俺。

「わた、し、さ」

聞きたくない。

「わたし」

言わせたくない。

「……」

「……」

「役者合宿、行こうかな」

明澄《あけすみ》が、一番言い出しづらかったはずなのに。

「煙井《たばい》さんに言われたからじゃないよ。私が行くって決めた、んだ」

言わせてしまった。

「そうか」

「……」

「そうだな」

俺には、何もない。明澄の将来を保証できる力も、明澄を満たしてあげられる言葉も。

だから、俺には、引き留める資格なんてない。

「お前の好きにしたらいいよ」

「……」

「好きにしたらいい。人の裁量は、ぴったり自分一人分にしかないんだからさ」

あれ、こんなことが、前にもあった。四年前、確かにあった。

あの時、俺は明澄を止めなかった。あの時、明澄は静かに泣いていた。

「わかった、そうする」

十九歳の明澄は、泣かなかった。

ただ、底なしに冷めた目で俺を見つめていた。

Chapter 5

わたしを愛するということ

あれから、明澄《あけすみ》には一度も会っていない。

ライブは、明澄不在でも進められるようにシフトチェンジした。

響來《ゆら》の注目度は、一日過ぎるごとにますます募る。フォロワーは飛ぶ鳥を落とす勢いで増える。俺はできるだけ、他の事を考えないように努めた。

ヘドロみたいな、道端の潰れた空き缶みたいな、そんな最低の一日を繰り返す。

心を失っていく、そんな感覚だけがある。いっそ、全部投げ出してやめてしまおうかと思う。

やっぱり、俺は何者にもなれそうにない。足掻《あが》いてみたけど、それでも無理なものは無理らしい。元から、期待なんてしなければよかった。何度信じて、何度裏切られれば気が済むんだろう。何も学習していない。何も溜まってない。何も、価値がない。

それでも、平等に時は進む。俺だけを置き去りにして、時間は過ぎる。

そして、光陰矢の如し。一週間が過ぎ、二週間が過ぎ、ライブ二日前になった。

「パパ」

その日、久々に響來が顔を見せた。

「ママはどうしたの?」

「ママは、とある事情でライブ、参加できなくなっちまった」

「……そんな」

響來は吸い込まれそうな瞳《ひとみ》で、俺を責め立てた。

「ふざけないで」

「仕方ないだろ。あいつにはあいつの人生があんだ」

「わたしはママも一緒じゃないと」

「いや」

俺は断言する。

「あいつはいなくても、俺はお前を変えてやれるよ」

「……！」

響來は、俺に光の剣先を向けた。

その腕は、震えていた。

「パパ、わたし、は」

「刺さないんだろ」

「……え」

「俺を刺しても何も変わらなかったから、俺を刺す意味はお前にはない。そうだろ」

淡々と告げた。響來は、剣先を下げて。

日本刀を鞘《さや》に仕舞った。

「堕落じゃない。全部、堕落じゃない」

「いや」

俺は響來《ゆら》を見つめ返す。

「俺と一緒にいて、堕落するのは明澄《あけすみ》だ」

ようやく、答えが出た。全部、俺のエゴだったんだ。俺と一緒にいても、明澄には何の得もないし、得るものもなかった。

だから、これでいいんだ。

「ねえ、パパ」

「……だから、ママはもう」

「違うわ」

「……え？」

響來は、両手を揃えて、ちょこんとお辞儀した。

「これが最後のお願い。明日、わたしをわたしが生まれた場所に連れて行って」

「……響來が、生まれた場所？」

響來を考えたのは、実家の、自分の部屋だ。あの、つまらない子供部屋。

「よくわからんけど、それでもう、許してくれるのか？」

響來は頷くことも、首を振ることもしなかった。

＊

響來のお願いを聞く。そのために、実家に帰ってきた。真っ先に、三階の自室に向かう。ドアの向こう、広がったのはどこにも行けない子供部屋。昔とほとんど同じ状態で保存された室内に、たった数週間前に明澄を行かせてしまった罪悪感とあの日の苦い思いが重なって混ざる。溶けずに、ドロドロのまま。

「響來、出てきていいぞ」

俺が宙に向かって話しかけると、立体映像の少女が俺の自室に現れた。

「あの頃は想像もしなかったよ。お前が自分の部屋にいるなんて」

「わたしはずっとパパの部屋にいたじゃない」

俺は響來との会話を続けながら、リュックから企画書と筆記用具を取り出して床に広げる。

「悪い。お前もいろいろ言いたい事あるんだけど、俺もライブの準備で忙しいんだ。プランの調整しながらでもいいか?」

「構わないわ」

響來は明澄と瓜二つの声で言った。最近はその声質も気にならなくなっていたのに、どうしてだろう。傷口に水が沁みるみたいに、彼女の声が俺の頭を刺激する。

「ねえ、パパ。ママのことは、もうどうでもいいの?」

その声を、今は聞いていたくない。でも、堪えて返事する。

「どうでもよくないさ」

キャラクター様はなんにも分かっちゃいない。俺が、どんな思いで。

「だったら！」

「どうでもよくないから、行かせたんだよ」

俺は、企画書と睨《にら》めっこを続ける。響來《ゆら》の視線が刺さるのを感じる。

「あいつは、昔からずっとそうだったよ。輝いてて、普通の奴なんかに埋没しない何かになりたがってた。それなのに、俺はその邪魔しかできねえんだよ」

企画書の文章に目が滑る。何度も何度も、同じ箇所を行ったり来たり。

「あいつの隣には、俺よりふさわしい奴がいる。俺よりすげえ奴がいる。それだけだ」

それにしても。こうやって明澄《あけすみ》のいなくなった後の自室で企画なんて考えていると、嫌でもあの日が重なってしまう。あの日、俺は全部をここに置いてきた。響來を生み出したあの日に、明澄ごと全部置いていった。

それで、死ぬほど後悔した。罪悪感に殺されそうになった。なのに。……それなのに。

「なあ、響來。俺さ、やっぱりあの日から何も変わってねえんだ」

何も学んでない。何も成長してない。何も価値がない四年間だった。

「変わってねえん、だよ」

企画書に、ぽつり、水滴が落ちた。それが涙だと気づくまでに時間がかかった。

……こうやって、きっと俺はこれからも、同じ自分を繰り返していくのだろう。

だから——。

「よくも腑《ふ》抜けたことをつらつらと！」

反射で、顔を上げてしまった。

目が合った。響來は全身を震わせて、全身で怒りを表す。

「さっきから黙って聞いていれば、なに？　どうでもよくないから行かせただの、俺よりふさわしい奴がいるだの」

薄水色の髪が揺れる。その様が、スローに見える。

「それじゃあママの気持ちはどうなるの？」

「……え？」

「ママが輝くことより何倍も何倍も欲しがってたもの。それを無視して、勝手に結論出して」

ママが輝くことよりも、何倍も欲しがってたもの。

そんなもの。そんなものが。……あったこと、本当は知っているけれど。

「あいつが一番欲しがってたもの。それにすら、俺はなれなかった。だから行かせた」

「誰がなれないって決めたの？」

「は？」

「そう決めたのはパパじゃない。あの日も。今も！」

そう決めたのは――。…………。

……俺、だけど。

確かに、それら全部、勝手に俺が判断したことだ。でも、だからなんだ。結局、俺があいつの何にもなれないことは変わらない。

「それに……今のパパは、パパの気持ちすら無視してるわ」

「そんなの。いや、俺がしたいことなんて、俺が一番知ってるっつの」

「そんなわけないじゃない。だって今のパパは、自分のことすら全然見えてない」

「……どういう意味だよ」

イライラした。でも。イラつく間もなく、響來《ゆら》は言葉を継いだのだ。

「パパはさっき、自分はあの頃から何も変わってないって言った。それ、本気で言ってるの？」

「……え？」

「腑《ふ》抜けたこと言わないで。パパは私に刺された時、キャラを奪われて、何を感じたの？」

その言葉は、自然と俺に星空の夜を思い出させた。

あの日、俺は十九歳マガリを奪われた。考えるのも面倒で、俺は素直に答える。

「今まで作ってたキャラを奪われて、そりゃ生きづらかったさ。変な感じだよ。自分が自分じゃない。一度死んで……まるで、十五の幼稚な自分に戻った、みたいな」

響來は頷く。

「そう。なら。……それは、パパが人間である何よりの証拠じゃない。わたしは変われないし、変わることが必ず正しいとも思わない。でも、今まで人間を見てきて思ったわ。みんな、少しずつ変わっていく。どれだけ葛藤《かっとう》していた子だって、人間はいつか変わっていくの。みんな、大切なキャラクターを心に持ってる。それを演じて、必死に演じ続けて、いつしか本当の自分の一部になっていく。そうやって変わっていく。わたしの目にはそれが堕落に映ることもあるけれど、それでも、人間はそれを肯定して生きていく。じゃあ、パパは違うの？」

そんなこと言われたのは生まれて初めてで、一瞬、戸惑う。

「……俺の、キャラクター」

響來は無表情で続ける。

「パパがどう思っていようと、わたしがどう思おうと、パパはこの四年間……いいえ、生まれてから十九年間、そうやって、キャラクターとともにずっと変わり続けてきた」

「わたしは知ってる」

響來は日本刀を抜いて、俺に向ける。

「わたしは知ってる。パパの四年間を吸収した、今のわたしだからわかるの」

「……なにが」

「十六歳になって、ママがパパのいない世界で生きていこうと足掻《あが》いてたのと同じように、パパも、ママのいない世界を必死に生きようとしていたこと」

響來は、淡々と続ける。

「今までおろそかにしてた人間関係に、必死で溶け込もうと頑張っていたこと」

「少しくらい居心地が悪くても、ちゃんと、人と真摯に向き合ってみようと決めたこと」

……俺は。

「鏡の前で、自然な笑顔の練習をしていたこと」

俺は。

「たまにつらくなって、わざとクラスメイトと下校時間をずらして、一人でコンビニスイーツを食べながらニュータウンを歩いていたこと」

「それでも、何かを信じたくて、家に帰ってからは部屋に籠ってギターを弾き続けていたこと」

「ママの顔を、何度も頭から追い出そうとしたこと」

「できなかったこと」

ああ。痛い。何もかもが痛い。

「ちょっとずつ、生きるために、丸くなっていったこと」

「それでも、本当に一番大切なものだけは、捨てられずに、しまっておいたこと」

もう、やめてくれ。

響來《ゆら》は、清々《すがすが》しい快晴のような笑みを浮かべて、俺に笑いかける。

「パパは今まで生きるために、少しずつ、ゆっくりと、傷だらけになりながら変わってきたの」

どうして。……お前はそんな真っ直《ます》ぐに、俺の隠したものを照らしてしまうんだよ。

「だったら。次に変わるのは、今かもしれないじゃない」

頭では何も納得いっていない。

「自分から変わるのは、今かもしれないじゃない！」

なのに。

なぜか、涙が止まらない。止まってくれない。

あの日、十五歳の夜、俺は生きるために邪魔になるものすべてを置いて旅に出た。最初は苦労した。周りに合わせて笑ってみても、全然楽しくないし、ボロは出て怪訝《けげん》な目で見られるし、散々だった。それでもだんだん、少しずつ上手くやれるようになった。大切なものが増えた。

友達ができた。

それを守るために、自然と人間として変わっていった。

その果てに、今の俺がいる。

明澄《あけすみ》を置き去りにした日、泣きながら帰ったあの日の自分。

今の自分。

ぜんぶ、地続きだ。でも——同じじゃない。

俺は、変わってきた。生きるために、変わってきたんだ。

「葛藤《かっとう》を拒絶するのは堕落だわ。生きやすいように変わっていくのもわたしは正しいとは信じない。……でも。たとえ思うように前に進めてなくたって、自分の葛藤と向き合い続けた四年間は、苦しみ続けた日々は、絶対に嘘《うそ》なんかじゃない。嘘なんかにはならない」

「……」

「もう一度聞くわ」

俺はその答えを、すでに持っていたのかもしれない。

「パパは今、どんな自分になりたいの？」

「……ああ、そうだな。お前の言うとおりだ」

キャラクターとは、無数の要素や解釈から逆算的に構成されるらしい。

それと同じように。

人間とは自分が演じる無数のキャラクターから伸びた線の先、一点に集まったその場所に立ち現れる、ひとつの像のようなものなのかもしれない。

だったら、全部、俺だろう。ぜんぶ、俺の大切な俺だろう。

「なあ、響來《ゆら》。どうしても、今じゃねえといけない気がするんだ」

俺がまだ何も肝心なことを言っていないのに、響來は全部知ってるみたいな顔をしていた。

「頼む。俺の大切なキャラクターを——十九歳マガリを、返してくれないか」

彼女は笑う。

「遅いわ。はじめからそう言えばいいのに」

響來は、そう言うと同時に。

——俺を、剣で串刺しにした。

何かが、体内に流れ込んでくる。そんな感覚があった。

気付いた時には、光の剣は胸から抜けていた。

「どうかしら」

「…………なんかさ」

今の感覚を一言で言い表すなら、そうだな。

「サイコーに俺って感じだ」

「そう」

響來と目配せをして、二人で笑った。


その夜、俺は家の押し入れを漁《あさ》って、アルバムを引っ張り出した。

思い出したいこと、思い出したくないこと。自力では、もう思い出せないこと。それらすべてが重なった上に、今の俺がいる。そういうことを知りたくなった。感じたくなった。

響來はさっきまで部屋にいたのに、どこかへ行ってしまったようだ。

仕方ないから、俺は床にあぐらをかいて、アルバムを広げる。小一。何も考えずに生きていた頃の純粋な俺が、こちらに手を振っている。これが、ありのままの自分。……でも。

そのままの、何の積み重ねも味付けもない自分よりも、俺はじっくり煮込まれた今の自分のほうが遥かに美しいと思う。誇らしいと感じる。

——eastern youth『夜明けの歌』

イヤフォンで耳を塞《ふさ》いで、アルバムをめくった。夜もすがら、めくり続けた。

……やっぱり、今、俺がなりたいのは。明澄《あけすみ》の横顔を思い浮かべながら、そう確信した。

三冊目をめくり終え、顔を上げる。カーテンの隙間《すきま》から覗く空は、すでに白み始めていた。

IV

三歳の頃、掛け算九九をマスターした。みんな、大人も子供も俺をもてはやした。だから、勉強が楽しくなった。本気で、自分は天才なのだと信じていた。

中学受験用の塾に通って、初めて人に負けた。最初は、何かの冗談だと思った。だけど、努力しても努力しても、塾内順位は落ちるばかりだった。その時、やっと俺は思い知った。自分は何者でもないし、何者にもなれないのだ。

人が離れていくのは早かった。俺のことを神童だともてはやした人間はひとりまたひとりと去っていった。俺のことを「好き」だと言ってくれた女の子は、他の男子と両想いになっていた。世界は、俺がいなくても地軸を中心にぐるぐると回り続けた。

その頃からだろう。俺が人の評価や興味関心に異常に執着するようになったのは。

勉強よりもエンターテイナー道を突き進み、面白キャラにクラスチェンジした。あれよあれよと落ちこぼれ、公立中学に入学した。周りは、何の引っ掛かりもない奴ばっかりだった。

何もかもが無価値に見えて、やがて俺は授業をサボって保健室に居座るようになった。

そこで、ベッドの上でミルクティーをすする黒髪ぱっつんの少女――明澄俐乃《りの》に出会った。「ねえマガリぃ」。明澄は、俺の止まっていた世界を再び動かしてくれた。二人なら、本気で何かになれるんじゃないかと思った。本当にやりたいことで輝けると思った。

結局――何者かになったのは明澄だけだった。

守れない約束とともに、世界は再び閉じた。暗い底で、もがくように日々を過ごした。それでも、生活は無慈悲に、残酷に続いた。そして、ある日、俺は気付いてしまった。
死ぬ度胸のない俺は、結局生きるしかないのだと。死ぬまで生活し続けるしかないのだと。

それからは、必死だった。今まで無価値だと切り捨ててきたものと、ちゃんと向き合わなきゃいけなくなった。大して気が合うわけでもないクラスメイトと、共通の話題を作るために流行りのアニメを見た。クソつまらなかったけれど、二十四話最後まで見た。やっと話ができると思っていざ会話の輪に入ろうとしたら、「七曲《ななまがり》、なんか必死だよな」と鼻で笑われた。

人並みに傷ついた。傷ついても生活は続いた。俺が東京見学の班決めであぶれた頃、明澄の演じる響來《ゆら》は地上波に乗っていた。「大切な夢から目を逸《そ》らさないで」。本気で、液晶を殴り割ってやろうかと思った。ベッドに寝ながら溢《あふ》れてきた涙は、冷房で冷えて耳元に流れていった。

高二の夏、やっと居場所と呼べる人間関係ができた。グループで駅前でたむろしているだけで、ちっぽけな満足感があった。でも、小さな違和感は、そのうち無視できなくなっていった。

——俺、こんなことしてていいんだっけ？

明澄《あけすみ》に投げた嘘《うそ》の約束が、今になって俺の首をゆるやかに締め付けた。その感触に気づいたら、もう逃れられなかった。俺には、確かになりたいものがあった。隣に並びたい人がいた。

なのに、今の俺はどうだ。適当な充足感で自分を騙《だま》しているだけじゃないか。そのうち、明澄は境童話《さかいどうわ》として芸能界のスターダムを駆け上り始めた。彼女の顔を画面越しに見つめるたび、胸に刺さった一本の棘《とげ》が痛んだ。「お前のせいだ」。彼女がバラエティー番組で楽しくなさそうに笑う度、俺はそう責められている気がした。目を逸《そ》らすように、俺はそれから一円にもならない曲を作り続けた。動画にしてもさっぱり伸びなかったけど、それでも作り続けた。曲を作っている時、常に明澄の顔が脳裏に張り付いていた。曲を作っている時だけは、彼女が見てくれている気がしたのだ。……ああ、こんなの、どうしようもなく。

——俺の人生は、明澄俐乃《りの》という女の子に呪われている。

そう自覚してきた頃だったと思う。俺の前に響來《ゆら》が現れ、明澄と再会したのは。

＊

≫明澄
≫二時間だけ、俺に時間をくれないか。俺と響來のライブを、配信でいいから見てほしいんだ
≫俺の価値を決めるのは。俺と一緒にいた時間の価値を判断するのは、ぜんぶ
≫明日の七時から、ライブを見てからにしてほしい。

＊

このライブは、当時の葛藤《かっとう》者だけじゃなく、今や老若男女に広がった、響來に興味を持つすべての人々に捧ぐものだ。それでいてこのライブは、響來という一人の変われないキャラクターが変わるための儀式だ。それら、全部踏まえて。
俺はこのライブを――明澄俐乃という、たった一人の女の子に捧ぐ。

＊

一月三十一日。プロジェクト響來・ラストライブ当日。
本会場、Zepp divercity TOKYO。キャパ２５００人。

同時生配信——YouTube live同時接続人数、101万人。

あいつの、最期の晴れ舞台。響來《ゆら》の響來による響來のための、エピローグ。

その始まりを告げる音が、今————鳴る。

会場がざわめき立つ。満杯の会場。揺れる頭。「うぉ——っ?」と、素っ頓狂な声を出して浮いている奴。それでも——音楽が流れ出すと、徐々に空間が共有されていく。跳ねるようなリズムで、一体感を持ち始める。まだ誰もいない、暗転したステージ上。

一斉に雑多な音楽が鳴り始める。一瞬、それはノイズのようにすら聞こえる。合唱曲のような、bpm低めのピアノ旋律。ファミコンみたいな8ビットシンセ。歪みの強いギターリフ。そして、透明で、張りつめていて、独特の震えを孕《はら》んだあのボーカル。いくつもの楽曲を爆音で同時再生しているみたいだ。そして、実際にそうだった。暗転した世界に、光が咲く。ステージ上のスクリーンには、いくつもの過去の「響來」のMVが投影され、同時再生されている。何曲もの過去の楽曲が、何千人を閉じ込めた箱に響き渡る。まるで空間に浮き出たように、凝ったフォントが上空に歌詞を刻み込む。「ぎゃぁー!」と、抑えきれなくなったように感情を爆発させる女性の声。もしかして、あの頃からの響來のファンだったりするんだろうか。揺れる二千五百の頭。この中の何人が昔からのファンで、何人が話題性につられてここにやって来た人なのだろうか。そんなことを、考えていたら。

ぱん、と、風船が弾けるような音がして。

それを皮切りに、今度は不協和音が響きだす。どこか、暗い底に吸い込まれそうな、嫌な感覚。……逆再生だ。全部、逆再生されていく。巻き戻っていく。MVも、音楽も、空中に打ち付けられた歌詞も、すべてが時を遡る。だんだん、逆再生の速度は加速する。

ああ……最高だ。最高の演出だ。知っていてもワクワクしてしまうんだから。次の瞬間を、期待してしまうのだから。会場中にばらまかれた光の欠片《かけら》が、逆再生で吸い込まれるように、ステージ上の一点に収束していく。赤も青も緑も、すべては強力な白の発光に吸い込まれていく。やがて、眩《まばゆ》い光を放つステージ上の一点は、人型の形を取って。

はっと、薄水色の髪の少女が世界に召喚される。

絶叫で耳が痛い。最高潮のボルテージ。そんなものを意にも介さず、お膳立てされた舞台上で、彼女は口を真一文字にむすんでいた。

十秒、二十秒。会場のボルテージが山を越えたところで、響來は、一言目を叩きつけた。

「堕落しやがって」

その透明な声と威圧に、しんと、静まり返る会場。

「みんな、堕落しやがって！」

正しさを叩きつけるような声で、響來は悔しそうに絶叫した。一瞬の間のあと、会場がざわつきだす。ざわつきが広がる。これから何が始まるのだろう。そういう、ワクワク混じりのざわつきだ。皮肉なものだ。響來がどれだけ糾弾しようが、この会場は盛り上がってしまう。

「昔、わたしのライブに来たことあって……今、大人になった子。どれくらいいる？」

語りかけるような口調。手を挙げろ、と響來《ゆら》がジェスチャーすると、会場にはパラパラとまばらな手が挙がった。その反応に、響來は柳眉《りゅうび》を逆立てる。

「何かひとつ捨てただけで、大人になれると思うなよ」

声には、感情的な熱が宿っていた。揺らいだ声が、広い空間に反響する。

「みんな、大人になるってことを勘違いしてるよ。成長って言葉を勘違いしてるよ」

その必死に訴えかけようとする姿は、何千人の視線を摑んで離さない。

「わたしは最後まで、葛藤《かっとう》をやめない」

淡く発光する身体。存在を示すように、その手が素早く、高く振り上げられる。

「正しく在ることを諦めない！」

刹那《せつな》、間髪入れず激しいバンドサウンドが会場に流れ出した。あの頃響來の、二番目に売れた曲だ。はじめは戸惑い混じりだった客たちが、息を合わせてサイリウムを振り出す。

響來はポンチョの裾《すそ》を振り乱して、蝶《ちょう》のように広くステージを舞った。これが私だと、変わらない私なのだと突きつけるように、全身で飛び回った。

——壮観だった。どこまでも身勝手なくせに、完全なステージだった。

彼女の歌声は、十五歳の頃の明澄《あけすみ》にとてもよく似ていて。それでも、明澄より少し硬質で、空気を切り裂くような声質だった。紛れもなく世界に一つの、「響來」自身の歌声だった。

流れるように、独壇場は進行する。好きな時に歌い、好きなタイミングでMCをはさみ、好きなタイミングで客席を糾弾する響來。そんな横暴に振り回されるのを楽しんでいる会場。

……ああ、最高だ。本物だ。何の本物か知らないけど。これだけが本物だと、そう感じた。

俺はそんな彼女の命の輝きを、訳あって、客席最後列から見ていた。

……はあ。ここに切り込んでいくのか。何者でもない、一般人の俺が。

まあいい。大恥かいてやろうじゃねえか。――正真正銘、これで最後だから。

予定どおり。舞台上で七曲目を歌い終えた響來が、入場の合図をかける。

「この時間も、今日が最期ね。導いてあげる。……最後の葛藤者代表、ステージに上がって」

それは、響來の初期ライブから伝統的に続いてきた企画。葛藤者制度。何物でもない若者たちをステージに立たせ、自らの抱えたものを告白させる残酷な舞台演出。

その、最期を飾る代表者は――――。

お面をかぶる。わざとらしく足を鳴らす。最後列からゆっくりと、噛み締めるようにステージへの道を歩き出す。ざわめきの色が変わる。加速する。「あれって……」「誰?」そんな声の粒ひとつひとつが聴こえてきては、背後に遠ざかってゆく。

眼差しが注ぐ。ステージの上で、神様を称えるように。

「よく来たわ。さあ、名前を宣言しなさい」

「――どうも、響來の代理人だ。響來の設定を考えた張本人でもあるな。そんで、名前は」

得意げに立ち尽くす娘に向き合って、俺は胸を張って言う。

「葛藤《かっとう》者代表、七曲成央《ななまがりなお》！」

数秒遅れ。意味も分からずに湧く、濁流のような歓声。さあ、舞台も後半戦。

夢見る十五歳の少女のように、響來《ゆら》は笑っていた。

「パパ。いいえ、七曲成央。あなたの葛藤は何？」

俺の葛藤。最後まで残った、昔からずっと抱え続けてきた葛藤。声に乗せ、放つ。

「俺は、中学に上がる前からずっと、他人の評価に左右されない価値が欲しかった」

「他人の評価。確かに、ずっと付きまとう厄介なものだわ」

「ああ。俺はずっと、昔からそれに執着してばかりだった。本当に欲しいものから、なぜか一番遠い行動をしちまうのが人間ってやつなんだよな。だから、さんざん振り回された。振り回されて、引きずり回されて……ある日、やっと気付いたんだ」

静まりかえった会場。舞台上を真剣に見守っているのか、それとも困惑しているのか、はたまた興味をなくしているのかは、今は判断がつかない。けれど、進む。

「結局、価値なんて他者評価……誰かの目から見たものでしかないってな」

「……同意するかは置いておいて、最後まで聞こうじゃない」

「助かる。まあ、とにかく俺はそう悟ったんだ。だけど、やっぱり揺らがない価値が欲しくてたまらなかった。それがないと生きていけない気がした。でも、価値は俺の物じゃない。他人の物だ。そんな葛藤をずっと続けてた」

「今は違うの？」

「いいや、今もだな。だけど、その葛藤の狭間で、ひとつなりたいものができたんだ」

響來は黙って頷く。

「……誰かひとりにとっての最高価値。特別。……いいや、違うな。もっと具体的に」

あいつは、今頃配信を見てくれているだろうか。

見てくれていても、いなくても、やることは変わらないけれど。

「俺がなりたかったのは、中学一年の頃学校の保健室で出会った、一人の女の子にとっての特別だ。愛だの恋だのはよくわからないが、そういうの全部超えた、たったひとつの特別。そういうのに、ずっとなりたくて、なりたくて、たまらなかった」

間髪入れず、声が響く。

「そのために、真っ直《ます》ぐに努力したのかしら」

響來は、混じりっけのない視線で俺を貫く。その正しさに、気圧されそうになる。

でも……人間、誰もかれもそんなに正しくは生きられない。だから。

「しなかったよ。いいや、できなかった。できなかったんだ。そんで、できなかったことに、いろいろ理由をつけようとした。あいつのためだの、もともとそんなに欲しくなかっただの」

「言い訳ね」

「ああ、今ならわかるよ。全部言い訳だった。結論は単純だった」

俺は、ずっと言葉にしなかったことを、何千人、何百万人の前で、やっと絞り出す。

「俺が……俺が、怠惰なだけだったんだ。堕落していただけだったんだよ」

一度認めてしまわないと、これ以上前には進めないから。

「俺が自分の気持ちに怠惰だった。伝えることに怠惰だった。なりたい自分から堕落していた」

「そうね。……でも。そう認められたことが、パパが今日まで葛藤《かっとう》し続けた証拠なんじゃない？」

響來《ゆら》が吐いたのは、予想外の言葉だった。……俺は。

堕落し続けて。怠惰であり続けて。そのことにすら思い悩んで。

そうやって葛藤し続けた先に、今の俺がある。

そういうことだと、お前は……響來は認めてくれるのだろうか。

「ありがとな。だけど今は、俺が真《ま》っ直《す》ぐ伝えたくなったんだ」

でも、今だけは、それに甘んじるわけにはいかない。

「だから、今日、ちゃんと伝えにきた」

どれだけ恥ずかしくてもいい。ちゃんと、伝わるものを。

「俺は、今配信でこのライブを見ているかもしれないその子を……お前を、一度行かせてしまった。そんで、やっと気付いたんだよ」

会場の静寂が耳に痛い。

「俺は、やっぱり。……叶わなくても、許されなくても、取り返しがつかなくても。それでも、もう一度ちゃんと話がしたい。それができるなら、何を犠牲にしてもかまわない」

「ええ」

「だから、何度でも言う。俺は、もう一度話がしたい。それが、俺の今の葛藤のすべてだ」

言い切って、深く息を吸う。

瞬間、憑《つ》き物が落ちたかのように、身体が軽くなった。

響來は無表情で、会場を見渡す。二千五百人を、画面の向こうの百万人を、見つめる。

「わたしは、」

声が、放たれる。

「わたしはわたしたちの世界を守るために、不法投棄された夢と葛藤を回収するために、この世界へやってきた。だから、葛藤者の葛藤を、夢を、想いを、在るべき場所に帰してあげるのが使命なの。……だから、パパ。いいえ、七曲成央《ななまがりなお》。あなたに、一度だけ機会をあげるわ」

「……え？」

「——上がりなさい、ママ」

音一つしない客席。その一点を、響來は、静かに見ていた。ずっと、見ていた。

やがて、会場がざわつき始めた頃。

人垣を割るように、中央の通路から、一人の女の子が歩いてくる。

階段をのぼって、舞台に上がる。

「……嘘《うそ》だろ?」

ショートボブ。潤んだ瞳《ひとみ》。お人形さんが着るような服。

勝気な笑みと、有無を言わせぬ淡い色のオーラ。

「な、んで」

音が止む。

明澄俐乃《あけすみりの》が、そこに立っている。

「よく来たわ。さあ、名前を宣言しなさい」

何が起きているのか、まるで理解ができない。

理解できないまま、明澄は、会場全体に向けて言う。

「どーわでーす。いえい。……って、違うよね」

明澄は、楽しそうに笑って。

「葛藤《かっとう》者代表、明澄俐乃!」

声を張って、宣言した。

奇声にまみれた会場。「童話《どうわ》ちゃん?」「え、童話ちゃんだよね」とあちこちから声がする。

「なんで、ここに、い、んの」

「来ちゃったんだからしょうがないじゃん」

「……だって、合宿、は」

「私は私の四年間を肯定するために、合宿に行くことを決めた。私のやってきたことは全部無駄じゃなかったって言いたいから、マガリと一緒にいる今よりも、芸能界で輝くことを選んだ」

明澄は、俺の目を真っ直《ま》ぐ《す》に見つめて言葉を吐く。

「でもさ、……気付いたんだ。いくらこのまま突き進んだって、昔の私が泣いてるんだよ」

その声は決して力強くなかったけれど、やけに通った。

「私が前へ進むたびに、幼い私の泣き声に呼び戻されるんだ。いくら耳を塞《ふさ》いでも、突き破って聞こえてくるんだ」

「……」

「一度合宿へ行くって決めて、初めて、昔の自分と目が合った。……その瞬間に、気付いたの。私にはまだ、進むことより先にやらなきゃいけないことがあるって」

明澄は、凛とした顔で言う。

「私はこの四年間を無駄にしたくない。でもそれ以上に、私は私の十九年間を否定したくない」

そこで言葉を区切って、それから、明澄は大胆不敵に笑ったのだ。

「だから今日は、私の十九年間ぜんぶを救いに来た」

そして、俺が何か言う前に、明澄は響來《ゆら》の方へ向き直る。

「響來。半日ぶりだね」

「半日ぶりって……どういうことだ？」

「今日の朝、合宿の待ち合わせ場所にこの子が来たんだ」

今日の朝ということは、昨日の夜、俺の元から響來《ゆら》が消えた後の話か。

「それで、いろいろ、さんざん、喧嘩《けんか》してさ」

明澄《あけすみ》は、凛として言った。

「……童話《どうわ》ちゃんを、返してもらったの」

「……おお、おお。そうか。どおりでな」

「どおりで、って？」

俺は素直な感想を口にする。

「さっきの挨拶《あいさつ》、完璧だったぞ」

明澄は笑う。

「でしょ？　まあ、でさ。マガリも十九歳マガリを返してもらったんでしょ？」

「ああ。これでばっちりハタチを迎えられるぜ」

俺の言葉に、彼女は頷いて。それから、彼女は観客にもわかるくらいの演技がかった動作で、人差し指で響來をびしっと指した。その瞳《ひとみ》と、瞳が対峙《たいじ》する。視線がぶつかる。

「響來。私はあなたと、決着をつけにきた」

「決着？」

「そう。私はずっと、……今まであなたから逃げてた。あなたを見てると、十五歳の正しかった頃の自分に見つめられてる気がして、怖かった。あなたが本物で、今の私が偽物だと分かってしまいそうで、それが怖くてどうしようもなかった」

響來は強い覇気を放ちながら、明澄の話を受け止める。

「あなたは私より真《ま》っ直《す》ぐに生きてる。たぶん、それはどうしようもない事実なんだと思う」

明澄深く息を吸って、続ける。

「正直今でも、ちょっと足が震える」

彼女は響來の瞳を、まっすぐに見つめ返しながら。

「でも。誰が何と言おうと、私は震えながら、闘って生きてきた。ねじ曲がりながら、それでも生きてきた。それが間違いだと思う日もあったけど、キャラを失って、いろんな人と話して、……なにより響來、あなたと向き合って、気付いた」

張りつめた声を、響かせながら。

「全部、正しかった。私がねじ曲がりながら闘ってきたことは、その果てにたどり着いた今の私は、一つ残らず正しいんだ。私が私のために生きてきた道だから、美しいんだ」

すべてを抱きしめるように。

「だから、あとはそれを証明するだけだ」

強く、宣言した。

「……いい心意気じゃない」

「今は、それが楽しみで仕方ない。早くやろうよ」

「何のこと？」

「マガリが作った曲。私と響來《ゆら》で歌うんじゃなかったっけ？」

明澄《あけすみ》は当然のように言った。それは――三人でやるはずだった、大元のライブプランに含まれていたものだ。……でも、そうは言ったたって。

「いや……お前、練習してないだろ」

「いいのいーの。私、天才だから、できるの。それより、響來もいい？」

「……ええ。もちろんだわ」

「私があなたよりも輝けるってこと、証明してあげる」

「……はあ。じゃあしゃあねえな。どうにでもなれ」

俺が観客に声を投げようとしたら、明澄がその前に宣言した。

「じゃあ、今からみんな待望の、響來の新曲をやりまーす！」

一瞬遅れて、「うおー！」と答えてくれる観客たち。

「私も、一緒に歌ってもいーいでーすか！」

今度はワンテンポもずれず、観客は「いえーい！」と返してくれる。

「あとはよろしく、マガリ。マガリの演奏がないと意味ないからね」

「……へいへい」

幾千の光を見渡す。あの頃の俺達が辿《たど》りつけなかった景色が、目の前にある。

なら――。もう、楽しむしかないだろう。

エレアコ、アンプに繋《つな》げるタイプのアコースティックギターを、俺は胸に抱える。

ボディーを四つ叩いて拍を取り、それからはじめにAmを鳴らした。

初めての曲なのに、思い思いのノリ方で揺れてくれる会場。それだけで、泣きそうになる。

そして前奏が終わり、一音目。

響來と明澄は、その震えを共鳴させながら、完璧に入った。

あの日「初めて」を見た瞬間は　スペアのない宝箱のカギになった
かけがえのない「初めて」に呪われながら　私たちはまたひとつ　歳をとった

……二人の歌声が合わさると、こんなにも――美しいのか。

その合唱は、聞いたことのない揺らぎ方をしていた。初めて明澄の歌声を聴いた日を思い出す。あの時、俺は明澄の歌声を、冬の凪に揺れる一枚の葉のようだと、そう思った。でも。

今日の二人の歌声は、明確に違った。

それは、燃え盛る魂の火の揺らぎにも、星の不規則な瞬きにも、この世の果ての海の波しぶきのようにも感じられた。捕えようとしても、その度に手からすり抜けてしまう。

そんな奇跡が、凡人の作った音楽の上に乗っている。俺のありきたりな音楽を、百万人に伝えてくれている。……ああ、泣いてしまう。

静かなBメロが終わり、流れるように、荒っぽいサビに入った。

震えながら、がなっている。がなりながら、叫びながら、二人は震えている。その共振動が、俺ごと巻き込んで遠い宇宙に連れて行ってくれるような。

心の震えが少しも収まらないまま、曲は進み、残すはCメロとラスサビだけ。

深く、潜るように息を吸い込む。

傷つきながら闘う君が　いちばん美しいと思った
傷つきながら闘う君は　ありのままのあいつなんかよりずっと

この曲は——結局どこまで行っても、俺たちの自己満足だ。

でも、それだってべつにいいだろう。

——さあ、もう何でもいいから、届けよ。この歌も終わりだから。

ラスサビ前。息を吸って、吸って、吐く。

何かを捨てて選んだ私も　忘れたふりして生きる私も
理想に届かぬままの私も　ぜんぶ同じ一輪花
誰かのために演じた私も　なれなかったなりたい私も
あの日置き去りにした私も
木漏《こも》れ日《び》のなか　風に揺られて光るよ

いつの日か散るその一瞬
世界は私のものになる

「……はあ」

ストロークを止めて、弦に触れて音を切る。

「ありがとう、ございました」

俺が言って頭を下げると、明澄《あけすみ》も、響來《ゆら》も同時に頭を下げた。

顔を上げる。

……。…………。拍手が、鳴り響いていた。

だったらそれだけで十分だ。どう思われてるのかなんて、二の次で。

一人じゃ、絶対に見れなかった景色。二人でも、手が届かなかった景色。

その景色のど真ん中に、俺達は三人で立っている。

三人で、視線を交わし合う。それだけで、満たされていく。

決着なんてつきようのないまま、ただ、二人の美しさだけが証明されていく。

「……響來《ゆら》？」

そんな、熱狂の最中。

響來の身体が、強く発光し始めた。

「……なに？」

なんだ、と思ったのも束の間、俺は視界の隅に映った腕時計が、八時丁度を指しているのに気付いた。八時。それは――響來が変わるための儀式が始まる時刻。

「――会場のみなさん！　バタバタして申し訳ない！　約束の時刻です！」

ざわめきだす会場。そして、みんなそれぞれのスマホをポケットから出し、操作し始める。

「ハッシュタグ、「#わたしと響來」でSNSに投稿を始めてください！」

「何が……何が起きてるの？」

強烈な発光をした自らの身体を、響來は不思議そうに見つめている。

本当に、響來が変わり始めている。理論は通したつもりだが、実際に成功するかは正直五分五分だと思っていた。だけに、安堵と興奮が同時に押し寄せる。わくわくする。

俺と明澄《あけすみ》が、事前に世界中にアナウンスしていた内容は単純明快。

「一月三十一日の二十時丁度に、#わたしと響來　を付けてみなさんの思い思いの響來の解釈をSNS上に投稿してください」というもの。

ファンアートとしての絵でも、文章でも、二次創作でも、ただの感想でも、なんでも構わないから、とにかく投稿して欲しい。そう言った。

これは響來に、同時に大量の解釈を上書きするための行為だ。

キャラクターは無数のキャラ図像……マンガで言うひとつひとつのコマから、逆算的にひとつの統一された人格が立ち上がる。

逆に言えば、新たなキャラ図像を追加することで、キャラクターはアップデートされる。解釈ひとつで、キャラクターは変わる。これを利用した。一度に、大量の解釈を追加する。

言わば——響來2．0。新たな響來。

「……わたし、本当に、かわ、る、の?」

そして、姿すら見えないほど、響來の放つ輝きは強くなって。

十秒、二十秒、三十秒、音のない爆発のようにずっと輝き続けて。

やがて、輝きが少しずつ収まっていく。

「……すげえ」

その時見えた響來の姿は。

「……すごい」

今までの姿とは全く異なるものだった。見た目から、違った。

身長が伸びて、目元が大人っぽくなって、衣装はポンチョから、見たこともないパッチワークみたいな服になって。

「パパ、ママ」

声質が、今の明澄《あけすみ》と聞き分けがつかないほど酷似していた。

「どうだ?」

「……そうね」

響來《ゆら》は信じられないと言わんばかりに、目を輝かせていた。

「反応で大体わかる。で、変わった感想はいかが?」

響來は舞台上を、一歩、一歩、踏みしめるように歩く。円を描くように。

そして、独り言のように、ぽつりと呟いた。

「そう、だったのね」

俺の言葉なんてまるで届いちゃいない。響來は今、夢の中にいるようなものなのだ。

「だからあなたは……あなたたちは、変わった」

響來は電子の、瞬く星のような大粒の涙を、その瞳《ひとみ》から零《こぼ》す。

「堕落、なんかじゃ、なかった」

その雫《しずく》は、地面に到達する前に輝度を失って消える。流れ星みたいに。

「だからあなたたちは、変わる必要があったのね」

俺に響來の言わんとしていることは全部は理解できない。でも、なんとなくなら、わかる。

「わたしは、変わっていくみんなの……葛藤《かっとう》者たちの、その理由が知りたかった。どうして変わっていくのか。その理由が、本当の意味が、知りたかった」

響來は光の涙を拭おうともしない。

「実家の家業を継ぎたくない。自分の人生は自分の手で決めたい。……泣きながら言ってた女の子は、年を取って、お母さんと店先に立ってたわ。何の悩みもなさそうに、笑ってたわ」

「ああ」

「それは堕落だと、ずっとそう思ってた。……でも。それだけじゃなかった。彼女だってきっと、必死に葛藤して、正しく生きようと、なんとか自分の人生を生きようと努力して、その結果で、やっと選び取った道だったのね」

「……そうかもな」

「他の子も……パパも、ママも、毎日必死に葛藤して、それで一つの道を、生き方を、居場所を、人生を。やっとの思いで、選び取ったかもしれないのに。それなのに……わたしはなんにも分かってなかった」

「仕方ないだろ。もともとお前をそう作ったのは俺だ」

「……よかった。知れて、……理解できて」

その時、響來《ゆら》がもう一度、強く発光した。ああ、と直感した。

このまま、響來はゆっくりと消えてしまうのだろう。

響來は涙も拭わず、光を振りまいて、勝気に笑った。

「次が最後の曲ね」

響來がそう言うと同時に、ハードロックテイストのバンドサウンドが会場に流れ出した。

これは……あの頃の響來の、圧倒的な代表曲。

それを今から、あの頃から変わった新しい響來が歌うのだ。

会場のボルテージは最高潮。さあ、舞台も大詰め。

「みんな」

響來は、とても満足そうに笑った。

「──わたしを愛してくれて、ありがとう」

それは、響來が今までのライブの中で初めて零《こぼ》した、感謝の言葉だった。

それから、今度は語気を強めて。歌う前、最後に言い放った。

「これからも、「わたし」を愛しなさい」

*

祭りの後というのは、どうも苦手だ。思い入れのある祭りであればあるほど、苦手だ。

「終わっちゃったね」

舞台裏。「いち、にーの」という掛け声とともに、夢の欠片《かけら》たちがバラバラに解体されて片されていく。俺達は、疲労感の隠せない身体でその様をただ見つめていた。

観客はもう、一人もいない。

「エゴサするか?」

俺がおちゃらけて提案すると、明澄《あけすみ》はふるふると首を振った。

「いい。怖すぎるから」

「天下の童話《どうわ》ちゃんでも、慣れないものは慣れないんだな」

「からかわないで」

俺たちが、ひとまずエゴサはしないという合意に至ったのと、同時に。

「自分たちの成し遂げたことの反応くらい、見てあげてもいいんじゃないかしら」

そんな、明澄そっくりの声が、当たり前のように響いた。

「……」「……」

俺と明澄は、微妙な顔をして目配せをする。

だいたい、考えていることは一緒だろう。というか、それ以外考えようがない。

「響來《ゆら》、お前なあ」

俺は呆れ顔で、真顔の立体ホログラム映像に向けて肝心なことを尋ねる。

「なんで消えてないんだよ……」

さっき、そんな感じの演出あっただろ。

ラストライブやって、変わって、自分の葛藤《かっとう》が報われて。

それで、綺麗《きれい》にこの世とさよならする流れだったろ。たぶん。

響來は、生真面目な顔を崩さず、俺を見つめる。

「消えられるわけないじゃない」

「……なんで？」

「だって」

当然じゃない、と言わんばかりの表情。

「わたしはもともと、十五歳の頃のパパとママの葛藤の結晶として作られたの。なのに肝心の、十五歳のパパとママの葛藤がまだ消化不良なのに、わたしが消えられるはずがない」

「……」

「ってことに気づいたのは、わたしも、さっき変わってみて初めてだわ」

だったらドヤ顔で言うなよ。お前もさっきまで分かってなかったんじゃねーか。

「わたしは、確かに変わることができた。それで、わたし自身の葛藤は消えたはずだわ。なのに……それでも、胸のあたりにひとつ、ゴッゴッとしたものが残っているのがわかった。わたしは、変わって初めて、そのことに気付けたの」

明澄《あけすみ》は響來の瞳《ひとみ》を覗き込んで、言う。

「じゃあ、このままだと、響來はいつまでも終われないんだ」

「……みたいね」

他人事みたいなその返事で、響來自身も今、直感でものを言っているんだと分かった。

「で、結局、俺達はどうすればいいんだ？」

「わたしに訊かれても困るわ。でも……そうね」

響來はぴしっと俺を指さして、言った。

「二人で、話をすればいいんじゃないかしら」

＊

在来線を乗り継いで、俺達はニュータウンに降り立った。

二十二時半過ぎ。なにも、地元まで来る必要なんてどこにもない。……でも。

なんとなく、何も言わず、二人してここまで来てしまった。それが答えだろう。

辺りには雨が降り出していて、それ以外の音は何も聞こえなかった。俺たちは二つ分の傘を咲かせた。微《かす》かにコンクリートの匂いがした。

それから、コンビニに寄った。明澄《あけすみ》は迷うことなく、紙パックのミルクティーを買った。俺は少し迷ったふりをして、結局明澄と同じものを買った。

ミルクティーなんて、最後に飲んだのはいつだろう。

きっと、それはずっと明澄というキャラのトレードマークだったから、俺が被《かぶ》せちゃいけない気がして、無意識のうちに避けていたのだ。……でも。

なんだか今日は、無性にそれが飲みたくなった。飲めば少し、その心に近づける気がして。

「いつものとこでいいよね」

「ああ」

俺たちは、雨をしのげるショッピングモールの地下、二つ並んだテーブルの左側に座った。

ここが、あの頃からの俺達の定位置。定員はふたりだけの、狭くて不自由な居場所。

爆弾を作るみたいな気持ちで、二人で考えた歌詞をルーズリーフに綴っていた。

本気で、世界を変えられると信じていた。

そんな日の延長線上に、今日の俺達がいる。今という瞬間がある。

世界を変える爆弾は、とっくのとうに失くしてしまった。

代わりに――俺たちは何を手に入れただろう?

「マガリがミルクティー飲むの、変な感じだね」

「ああ、俺も変な感じだ」

俺がパックを開けてストローを刺そうとすると、「待って」と明澄に止められた。

「どした?」

「いや……その。さっきから、いろいろ考えてたんだけどさ。今から、結構真面目な話をするわけじゃん」

何度も聞いた明澄の声が、いつもとは違う経路を辿《たど》って鼓膜に吸い込まれる。

「でも、このままだと、結局いつもの私とマガリになっちゃう気がするんだよね」

「ああ……それ、なんか、わかるわ」

二人して、小さく笑う。

俺たちは今まで、大切なことをユーモアやサブカルチャーで希釈して生きてきた。

そうすることでしか、二人は生きられなかった。

でも、……今日だけは、それじゃあダメな気がする。

「だからさ」

明澄は何か言いづらそうに、上目遣いで俺を見た。

「ぜんぶ、ミルクティーのせいにしようよ」

声が空気に溶ける。静謐《せいひつ》が揺れる。

「このミルクティーを飲みおわるまでは、何話してもいいってことにしようよ」

特別で有限で二度とは戻らない、そんな時間が始まる予感が胸をかすめた。

「恥ずかしいことも、真面目なことも、……相手を傷つけるかもしれないことも。このミルクティーが空になるまでは、ぜんぶ言っていい魔法の時間なの。都合の悪いことは飲み終わったら綺麗《きれい》さっぱり忘れるし、大切なことだけはずっと、覚えてられるの」

雨の音が、少しだけ勢いを増す。雨の当たらないこの場所は、世界から一層隔離される。

この世界に魔法は存在しない。あるのはただ、魔法を信じる人たちの、その夢見がちな姿勢だけだ。だから、魔法を魔法と呼ぶこと、それ自体に意味があって、それ自体が魔法だ。

何が言いたいかって。

「乗った」

俺は今日、魔法使いになることに決めた。喉《のど》の奥から、声を運び出す。

「……うん。よかった」

「じゃあさ。せーの、で、一口目にしようぜ」

その長いまつ毛に、夜が乗っている。明澄《あけすみ》がパックを開けて、ストローを刺す。

「……」「……」

せーのっ。

ミルクティーを、舌になじませるように味わう。

……ああ。思ったよりも、甘くないんだな。もっと甘ったるいものだと思ってた。

そんなことも、知らずに生きてきた。

「なに、話そっか」

「まあ、そうだな。十五歳の葛藤《かっとう》って急に言われても困るよな」

明澄が、ストローでミルクティーをちゅーっと吸い上げる。その分だけ、魔法の残り時間が短くなっていく。今話すべきことなんて、多すぎて纏《まと》まらない。何も話せないかもしれない。

それでも、どうかこの時間が少しでも長く続きますように、なんて願ってしまう。

「私はさ、たぶんあの頃、……居場所があればそれでよかったんだと思う」

素直で、何の飾りつけもない声だった。

明澄本人の口からそんなことを聞くのは、初めてな気がする。

「居場所なんてさ、きっと、持ってる子は生まれた時から持ってるんだよね」

「かもな」

「でも、なぜか私にはなくてさ」

ミルクティーを一口。その冷たさで、頭が冴える。

「で、ずっとそのことを呪って生きてきた」

言葉とは裏腹に、その口調に棘《とげ》はなくて、まるで過去を懐かしんでいるみたいだった。

ひとりの女の子がその痛みを赦すのに、一体どれほどの涙と時間が必要だっただろう？

「ずっと、知らない誰かが運んできてくれるのを、口を開けて待ってた」

十五歳のあの日、「知らない誰か」に、俺はなれなかった。

明澄《あけすみ》は角のない視線で、俺の胸のあたりを見つめる。

「なあ、明澄」

「どうしたの」

「俺のこと、ずっと、どう思ってたんだ？」

ずっと、聞きたかった。でも、怖くて聞けなかった。

手が微《かす》かに震える。それでも。

ミルクティーという魔法に溶かして、今、言葉がやっと形になった。

「どうだろうね」

明澄は自嘲《じちょう》気味に笑う。

「マガリのこと、恨んでた」

「……ああ」

「驚かないの？」

「まあ、恨まれて当然だからな」

俺が言うと、明澄はふるふると首を振った。

「当然じゃないよ。私は私の問題を、マガリに押しつけてたんだから」

「でも、それを一緒に解決できなかったのは俺だろ」

「……マガリは優しいね」

一瞬、煙井《たばい》さんにいつか言われた言葉がフラッシュバックした。その後に続く言葉に、嫌でも身構えてしまう。呼吸が浅くなって、五感が少しだけ遠のく。

「高校一年の頃さ」

それでも、明澄は相変わらず、棘《とげ》のない視線で懐かしむように俺を見ていた。

「お仕事の帰り、駅前でマガリを見かけたことあるんだ」

俺は、そのことを知らない。ということは。

「まあ、声はかけられなかったんだけどね。……友達と四人くらいでいてさ、スナック菓子食べながら、楽しそうにゲラゲラ笑ってた」

「……」

「その時さ、私……なんか急に泣きそうになっちゃって。悔しくて、走って家帰ったんだよね。私は一人で必死にお仕事して何かになろうとしてるのに、マガリは妥協して居場所作ってるんだって。それで、一晩中部屋で泣き続けた」

泣き続けた、と凪いだ声で言われると、途端にどんな顔をすればいいのか分からなくなる。

「マガリがどんな思いでそうしてたのかなんて、何も知らないでさ。勝手に恨んでた。傷つきながら頑張ってる奴が一番偉いはずなのに、美しいはずなのに、なんで私ばっかりこんな思いしなきゃいけないのかって考えたら頭がおかしくなりそうだった」

ミルクティーを持ち上げる。適切に機能した魔法は消費され、少しだけ軽くなっている。

「マガリはちゃんと居場所を作ろうと努力してて、目を逸《そ》らしてたのは私なのにね」

「明澄《あけすみ》だって、頑張ってただろ」

「……そうかな。……そうだといいな」

明澄は口元を歪めて、何かを堪えるように言葉を放つ。

「この数年間……特にこの半年さ、いろんなことあったよね」

「キャラ殺されたりな」

「そうそう。それで……さんざん考えて、葛藤《かっとう》してさ。私、やっと気付いた」

抜けるような、透明な空みたいな笑み。

「私には、もともと居場所が与えられなかっただけなんだって」

その透明はあらゆる虚飾を呑み込んで、過ぎた時間の陰にこっそり隠した脆い感情まで残酷に照らしだしてしまう。

「だからこそ、私は自分の力で、他のどんな場所だって居場所にしていけるんだ。居場所を選び取っていけるんだ。その権利が、私にはあるんだ。きっと、それだけの簡単なことだったんだよ」

明澄は自分に言い聞かせるように、そう語った。出した答えが正しくあれと祈るように。

居場所がないなら、自分からそれを摑みに行けばいい。

生まれつき持ってなかったのなら、他のどんな場所でも自分の居場所にしていける。

「だから……私はこれからも居場所を探して、傷つきながら、このからだで、自分の手で選び取っていく」

「……明澄は、強いな」

「今更気付いたの？」

おどけるように笑って見せた明澄は、当たり前だけど、もう十五歳の少女じゃなかった。

そこには、時間があった。俺がいない間に積み重ねてきた四年間が、俺と出会う前から続いていた十九年間が、そして共に駆け抜けた半年が、華奢《きゃしゃ》な身体という形をとって座っていた。

言葉が止む。雨の音が、その間を満たす。

「マガリは？」

「俺か？」

「マガリは、私のこと、どう思ってたの？」

そう言って、明澄はミルクティーを啜《すす》る。

俺は。俺は、……ずっと同じようなことを考えていたっけ。

「ずっと、スマホとか、テレビの画面越しに明澄を見てたよ」

「……そうなの？」

「ああ。ずっと、俺の知らない世界で戦ってるお前を見て、救えない気分になってた。正直、自分の才能のなさとかは結構序盤でどうでもよくなってさ。ただ、なんとなく虚しい感じがずっと続いてたんだ。……きっと、明澄《あけすみ》に正解を見せられてる気分になってたんだろうな。そんで、正しくない自分のどうしようもなさが苦しかった」

ミルクティーを啜《すす》る。啜った分だけ、パックは軽くなる。

同時に心は少しだけ軽くなって、残り時間は少しだけ短くなる。

「昔からずっと、他人に左右されない価値が欲しかった」

明澄は真剣な眼差しで、こんな俺の話を聞いてくれている。

「その、ずっと欲しかったものを、明澄が持ってる気がして、最初は悔しかった」

「……そういうこと話してくれるの、初めてだね」

「ミルクティーの効力だろ、きっと」

話している間だけ、雨音は聞こえなくなる。

「でも、結局俺には絶対的な価値なんて手に入らないって、心のどっかではわかってた。……だったら。それが叶わないんだったら、俺は誰かにとっての特別になりたかった」

とっくの昔にシュレッダーにかけた写真を、ごみ箱を漁《あさ》って、一から並べ直して、セロハンテープで貼り付けるような。

「せめて、人を一番認めて、人に一番だって認められたいと思った。明澄に出会って、初めてそう思えたんだ。ずっと死んだままだった世界がやっと動き出したんだよ」

そんな地道な作業を繰り返して、ようやく不格好でパッチワークみたいなひとつの気持ちを蘇らせる。ボロボロでも、そこに何が映っているのかだけ分かればそれでいいのだ。

ミルクティーを揺らす。底のほうで、あと少しだけになった液体が揺れている。

「あの瞬間が、出会ったことそのものが、俺にとっての神様になったんだよ。初期衝動だったんだよ。だから、……だから、ずっと、明澄の隣に並びたくて……でも、なれなくて」

……ああ。言いたいのは、こんなことじゃない。

こんな、抽象的で伝わらないことじゃない。

もっと──。

「俺は……俺は、さ」

なのに、この期に及んで、声が震えて、言葉が形にならない。

怖い。……何が、怖い？

「マガリ」

明澄と真正面から向き合って、答えを出すことを、俺はどこかで恐れている。

魔法が効いてくれない。万能だと思っていた治療薬は、結局ただの痛み止めだった。

「本当に話したくないことは、言わなくていいからね」

優しく慰めるような声で、明澄が言った。

どこか寂しそうな、あの夜と同じ目をしていた。

心の、ずっと刺さったままの一本の棘《とげ》。同じところが、あの日と同じように痛んだ。

繰り返し感じた痛みはとっくに鮮度を失って、ただ「痛い」という情報を伝達するばかり。

そしてきっと、刺さり続けて身体の一部と化した棘を抜くことには、それとは比べ物にならないほど強い痛みが伴うのだろう。新鮮な痛みは、未知であるが故に恐ろしい。……でも。

「マガリが私のこと考えてくれてるのは、わかってるから」

目の前で、俺にとっての特別でかけがえのない女の子が、何かを諦めようとしている。

俺のせいで。

それはきっと、心の棘を抜いて血が噴き出すことなんかよりも、ずっとずっと悲しい。

後戻りできないことよりも、この先の道を一生失ってしまうことの方が、遥かに悲劇だ。

だったら。

このままで……いいわけが、ないだろ。

魔法が効かない。ならば、最後は、俺の力で――――。


「あっ」


夜の底に、ずずっ、ずずっ、という空虚な音が響き渡る。

それは……終わりの合図だった。

ストローが、空気混じりの液体を吸い上げる音。

「私、先に飲み終わっちゃった」

明澄《あけすみ》は、何かから目を逸《そ》らすように笑う。

「ミルクティー、好きだからさ、しょうがないじゃん」

「……ああ」

「……うん。じゃあ、……今日の話はおしまい」

そう言って、明澄が席を立とうとする。

雨音がうるさい。心臓の音がうるさい。思考がうるさい。

明澄の揺れる声をもっとクリアに聞きたいのに、全部が、うるさい。

だったら——。

「…………え」

とっさに、その真っ白で壊れそうな指先を掴んで、明澄を繋《つな》ぎ止めた。

そのまま強く握りしめる。

困惑しているような目。

その瞳《ひとみ》のなかを、俺は強くのぞき返す。

「俺は価値が欲しかった。でも、そんなもの、所詮他者評価でしかなかった。だから、せめて誰かひとりにとっての特別になりたかった。———なんて、全部後付けで」

全部がうるさい。

明澄《あけすみ》の声の揺らぎを、そのたまゆらを、それだけをひとつも逃さず聞いていたい。

だったら、今すぐ。

――世界の雑音ぜんぶ、俺が消し去ればいい。

「俺がなりたかったのは。……本当になりたかったのは」

その綺麗《きれい》な瞳《ひとみ》が、大きく収縮する。

「今も一番なりたいキャラクターは」

伝わるなら、一生分の声が今枯れてもいい。そう思った。

「明澄にとっての一番カッコいい奴で。一番隣にいて、一番分かってて、困ってる時には一番そばで一緒に悩んで！　そういう、明澄の戦友みたいなキャラクターなんだ。だから、……だからさ」

ああ、ダサい。ダサさも極まっている。それなのに。

明澄は俺を、真《ま》っ直《す》ぐに見つめてくれている。

「最後に選ぶのは明澄でもさ。せめて、俺はお前の選択肢になりたいんだよ。眼中にいたいんだよ。その中で、一番光っていたいんだよ」

「……う、ん」

「だからさ」

冷たい空気を、肺一杯に詰め込んで。

結局——言いたいのは、こんな単純な一言だ。

「俺が、明澄の居場所になるよ」

「……」

「ならせてほしい」

立ち上がる。

「明澄が一番闘いたい場所で闘えるように。明澄がちゃんと、一番やりたいことで傷つけるように。明澄が、一番美しくあれるように」

明澄の前で、両手を広げる。ぜんぶを包み込めるように。

「そのための居場所にならせてほしい」

音が消える。

明澄が、泣いている。

その瞳から、大粒の涙が零《こぼ》れている。

「わた、し」

上ずって揺らいだ声が、世界にたった一つ、響く。

「わたし、も、……居場所、あって、いいのかな」

ぐしゃぐしゃの顔。顎《あご》の先から滴って、地面に落ちる。

「ここに、いても、いいのかな」

「俺がいいって言ってんだろ」

明澄《あけすみ》が、ゆっくりと立ち上がる。

一歩、二歩、生まれたての小鹿のような足取りで、歩いてくる。

呼吸一つせず。

「頑張ったな」

そっと、抱き締める。

「十九年間、頑張ったもんな」

明澄が、俺の胸の中で泣きじゃくっている。三歳児のように、泣きわめく。洟《はな》をすする音がする。腕にすっぽり収まってしまうほどの、小さな身体。

この身体で、明澄はいくつの明けない夜を明かしてきたのだろう。

いくつの、俺の知らない朝を迎えてきたのだろう。

あたたかさを感じる。生きているって感じがする。それだけで、愛《いと》おしい、と思う。

もう一度、ぎゅっと強く抱き締める。

「……痛いよマガリ」

「知らなかったか？」

「なにが？」

「居場所ってさ。あたたかくて、暑苦しくて、ちょっとだけ痛いんだよ」

「……嘘《うそ》ばっかり」

やがて、世界に雨の音が戻る。

俺達はその夜。

世界の音が戻っても、それに負けないくらい、二人で語り続けた。


二人で朝を迎えた。

結局、響來《ゆら》はどうなったのだろう、と思い出して、空中に呼びかけてみた。

……返事はなかった。

何回も、何十回も、その名前を二人で呼び続けた。

とうとう、返事は返ってこなかった。……でも。

「おやすみ、響來」

返事が返ってこなくてよかった。

Epilogue

キャラクターは巡る、いつかの君のもとまで。

あの頃は、自分の十代が終わるなんて考えもしなかった。

でも。

俺達は今月、ハタチになる。


「私たちのプレゼンは以上、です」

胸の緊張が止まない。

「ありがとうございました」

俺と明澄《あけすみ》は、長机一つ挟んだ向こうに座るプロデューサー――煙井《たばい》さんに向かって、頭を下げる。初めてのプレゼン。何度も、噛んで言い直した。何度もあがってしまった。でも……伝えたいことは、ちゃんと伝えられた、と思う。

夢のようなあの夜の足音が、だんだん遠ざかっていくのを感じる。少しずつ、過去になっていく。そして。

それでも俺達に残るのは、生活と現実だ。

ぱちぱちぱちぱち。煙井さんは小さく拍手して、花のように笑う。

「良かったよ、マガリくん。それと、境《さかい》……じゃなくて、明澄さん」

煙井さんは俺達のプレゼン――俺と明澄の二人で並んで輝くための芸能活動プランに対して、素直な言葉で賛辞を送ってくれた。その上で。

「でも、まだ足りないね」

笑顔を崩さないまま、そう言った。

「全然足りない」

「そう……ですか」

「うん」

届かなかった。足りなかった。……まだ、足りない。

「ボクはね、二人に期待してるんだ」

「……え？」

「あの夜に見た二人の可能性は、こんなものじゃなかった。——だから、まだ足りない」

うんうん、と勝手に頷いて、煙井さんは俺達を交互に見つめる。

後から知ったことだ。明澄が合宿を放棄してライブ会場に向かった後、煙井さんはライブを途中から見に来てくれていたらしい。

「世間的には賛否両論かもしれないけれど、ボクにとっては最高のエンタメの形だったよ」

そう言って、敵対していたはずの俺の企画したライブを煙井さんは絶賛した。結局、この人は才能や可能性にしか興味がないのだ。可能性を感じられれば何でもいいのかもしれない。輝きを感じられれば、それでいいのかもしれない。

そして、結果的にその嗅覚が、明澄を芸能界のスターダムに連れて行った。だから。

俺はこの人に、自分が明澄《あけすみ》の隣に相応《ふさわ》しい人間だと認めさせたい。どれだけ時間がかかっても、あの夜だけの綺麗《きれい》ごとで終わらせたくないのだ。だから。

「ありがとうございました。ヤバい企画引っ提げて、また来ます」

「ありがとうございました」

俺と明澄は、そう言って事務所を去る。

「うん。また来てね。ほんと、楽しみにしてるよ」

煙井《たばい》さんは最後まで、笑顔を崩さなかった。


「マガリ嚙みすぎでしょ」

「しゃあねえだろ。プレゼン初めてなんだから」

「私の居場所はまだ遠いね」

ファミレスに明澄と二人、今日の作戦会議はきっと長い。

「て、いうかさ」

……それにしても。こうして二人でいても、そこはかとない寂しさを感じてしまうのは。

「響來《ゆら》、ほんとにいなくなっちゃったね」

「そうだな。挨拶《あいさつ》くらいしていけっつーの」

きっと、ここにあいつがいないからだ。

あの日——ライブの夜。響來は、俺達に挨拶もしないで消えた。

で、それから一度も、誰もあいつのことを見かけていない。

「……って、なんだこれ」

俺が「響來の写真も撮っておけばよかったな」なんて考えながら写真フォルダを開くと、最新のところにサムネイルが真っ黒のデータがあった。表示からして動画のデータらしいが、最近動画を撮った覚えなんて全くない。気になって、音量を調整して何気なく再生すると——。

『見せてあげる。これがわたしたちの世界よ。パパ、ママ』

響き渡ったのは、明らかに響來の声だった。明澄の声とそっくりだけど、明澄はこんな話し方をしない。だから、これは——。

「なになに……って、マガリ、なに、この動画?」

「俺もわからん。でも、響來が喋《しゃべ》ってんだよ」

画面をのぞき込んできた明澄にも見えやすいように、俺はスマホをテーブルに置く。

『わたしたちの世界では、不法投棄された夢と葛藤《かっとう》が腐敗して、わたしたちが住めない環境になりかけているの』

誰かが手撮りで撮影したような手ブレ感。画面の向こうには——俺の知らない世界が広がっていた。

黄色と緑がまだらに混ざった毒々しい空。乾いて地割れした大地。枯れた川。天高くどこまでも伸びる、ダイヤモンド色の細い塔が無数に点在している。動画の撮影者は、そういうひとつひとつを切り取るように、丁寧にカメラに収めていく。……ここは。

『でも。パパとママの葛藤《かっとう》を回収できて、ほんの少しだけれど、また世界が潤いはじめた』

一瞬、カメラが大きくブレる。そして、次の瞬間映ったのは。

『だから。パパ、ママ、ありがとう』

瞳《ひとみ》を三日月型に細めた、満面の笑みの響來《ゆら》だった。

『最後にふたりにどうしてもこれを見てほしくて、こんな動画を残しました』

不思議な世界の真ん中をゆっくりと歩いていた響來が、静かに立ち止まる。

再び、画面がブレる。「ほら」という響來の声。そこに映るのは――。

小さな、小さな芽だった。地割れした大地の隙間《すきま》から顔を出した、緑色の芽。

どうしてだろう。何も知らない世界に芽吹いた緑色が、どうしようもなく愛《いと》おしく思えた。

『何かを捨てて選んだ私も、忘れたふりして生きる私も』

響來はいつまでも新芽を映しながら、ゆったりと消え入るようにあの歌を口ずさむ。

『理想に届かぬままの私も、ぜんぶ同じ一輪花』

それは、世界を眠らせる子守唄にも、世界の始まりを祝福する歌にも聞こえた。

『誰かのために演じた私も、なれなかったなりたい私も、あの日置き去りにした私も』

小さな緑が風に揺られながら、それに負けまいと大地に根を張っている。

それだけで、美しい、と思ってしまう。

『木漏《も》れ日のなか、風に揺られて光るよ』

一瞬の雑音の後、カメラはどこかに置かれて固定されたようだった。

響來の背中が、少しずつ、少しずつ、小さく遠ざかっていくのが見える。

『いつの日か散るその一瞬、——世界は私のものになる』

その背中に、ひとつ、合流して隣で歩き出した背中があった。……それは、ひどく見覚えのあるシルエット。——俺の目には、それが誰でも知っているあの猫型ロボットの背中に見えた。

やがて、ひとつ、またひとつ、響來の隣に背中が合流する。

とっくの昔に記憶の奥に押しやられていた、一世を風靡《ふうび》したあのゆるキャラの背中。

死神を題材にした大好きだった少年漫画の、死ぬほどカッコいい敵の親玉の背中。

俺が全く知らないキャラクターの背中。

みんな一列になって、遠ざかっていく。小さく、小さく、小さくなっていく。

……いや、「わたしたちの世界」って。

俺は響來を編み上げたあの日、確かに「別の世界では不法投棄された夢と葛藤が……」となんとなく設定した。なんかカッコいいから。だけど、肝心の「別の世界」がどんな世界で、誰の、何のための世界なのかは面倒くさくて、ぼんやりさせたまま何も決めてなかったはずだ。

それが——どうだ。

偶然落とした種が発芽して、いつの間にか大きな木になるみたいに。

置き去りにされたままの行間は俺の想像なんて遥かに凌駕《りようが》して、誰かの居場所になっていく。

だったら、きっとそれが全てなのだ。

だんだんと、背中が小さく、小さくなっていく。そして。

最後に、響來《ゆら》は振り返って、俺たちに小さく手を振った。


「……おわった、っぽいな」

「……だね」

動画は再生が終わると同時に、なぜか勝手に削除されてしまった。見返したくても、もう二度と見れないみたいだ。不思議だけれど、今はなぜか、そういうものだと思えた。

「まあさ。響來、笑ってたよな」

俺が言うと、明澄《あけすみ》は柔らかく微笑《ほほえ》んだ。

「だね。だったら、きっとそれでいいんだよ」

「ああ。……じゃあ、作業戻るか。ヤバい企画の案がさ、今、浮かんじまったわ」

響來がそうだったように、これからも俺達はきっと、色々な想いを背中に乗せて生きていく。きっと、それは半透明のセロハンみたいなもので。

何枚も、何十枚も重ね合わさって、やっと今の色ができている。今までのキャラ全部が互いに重なり合って、今の複雑な色の自分ができている。だから。

俺たちには一つ残らず、すべてのキャラクターが必要だった。

これまでも、そしてきっと、これからも。

そう教えてくれたのは……言うまでもない。

俺たちの生活は、これからも続いていく。それが、今は楽しみで仕方がない。

十代が人生で一番楽しいだの、学生時代に戻りたいだの、大人は好き勝手言うけれど。

キャラクターとともに変わっていく俺たちは、絶対にそんなこと言ってやらない。

だって。

いつかの未来に憧《あこが》れるはずのキャラクターは、なりたい自分は、今はまだ誰の手にもなくて、誰も使えなくて、誰も知らなくて。すべてはまだ見ぬ存在で。

これから、自分の手で見つけて出会うのだから。

あとがき

高校二年生の夏の日、泣きながら電話をかけてきた同級生がいます。

その子は一人の高校生には到底背負いきれないものを背負いながら、歩いて僕の家まで会いに来ました。家の前で座り込む彼女を連れて、お金のない僕は近所のマックに行きました。トレイに敷かれた紙で飛行機を折り、あり余る時間を溶かすように、お互いの間を飛ばし合う。日が暮れるまでそんなことを繰り返しながら、たしか僕は苦しむ彼女にわけのわからないアドバイスをしたんだと思います。

歳を取った今ならわかります。あの日彼女が欲しかったのはそんな言葉などではなく、世界中が敵に見えている状態でもなお味方でいてくれる、信頼できる一人の友達だったのだと。当時の僕はロクな文章すら書いたことないクセに、言葉の力を過信していたのでしょう。言葉で救うことのできない状況はたくさんあります。もちろん、言葉で絶対に表せないものだって。でも、不思議なことに、それなりの時間を生きて、そういう言葉の無力さがやっと分かってきた頃、僕はなぜか筆を取りました。きっと、そこに大した意味はないんだと思います。

でも、それが全てです。

さて。本作の出版にあたり、たくさんの方々にご尽力頂きました。

担当編集の渡部《わたべ》様。荒削りも甚だしい投稿作に可能性を見出していただき、何もわからない自分を一から導いてくださいました。あなたが自作に真正面から向き合ってくださったからこそ、僕は本当に書きたいことを書くことができました。本当にありがとうございます。

イラストを担当してくださった萩森《はぎもり》じあ様。本作に絵が付くならこんな感じかなぁ、という当初の僕のイメージが馬鹿馬鹿しくなるくらい、想像を超える素敵な絵を描いてくださって、本当に感謝してもしきれません。ありがとうございます。

ゲスト審査員の武内《たけうち》崇《たかし》様。未熟でテーマすら曖昧《あいまい》だった本作の初稿に、作者も気付かないような可能性と魅力を講評という形で言い表してくださりました。あの講評が本作を改稿するうえでの北極星になったことは間違いありません。本当にありがとうございました。

そして、この場では名前を挙げることのできなかった、本作の出版に携わってくださった全ての方々。及び、本作の投稿原稿にアドバイスや感想をくれたり、創作を続けるうえでのモチベーションをくれた全ての創作仲間たちに多大なる感謝を。

それでは、またいつか。

詠井《よみい》　晴佳《はるか》

GAGAGA

ガガガ文庫

いつか憧れたキャラクターは現在使われておりません。

詠井晴佳

発行　2023年7月24日　初版第1刷発行

発行人　鳥光 裕

編集人　星野博規

編集　渡部 純

発行所　株式会社小学館
〒101-8001 東京都千代田区一ツ橋2-3-1
[編集]03-3230-9343　[販売]03-5281-3556

カバー印刷　株式会社美松堂

印刷・製本　図書印刷株式会社

Printed in Japan　ISBN978-4-09-453133-6